東明山文化叢書

張炳林 主編

古道山房詩鈔

壬辰年柳郁年九十三

張炳林 編

上海古籍出版社

東明寺全景

無塵殿全景

無塵殿三世佛像

無塵殿海島觀音像

東明塔院

東明慧昱祖師塔

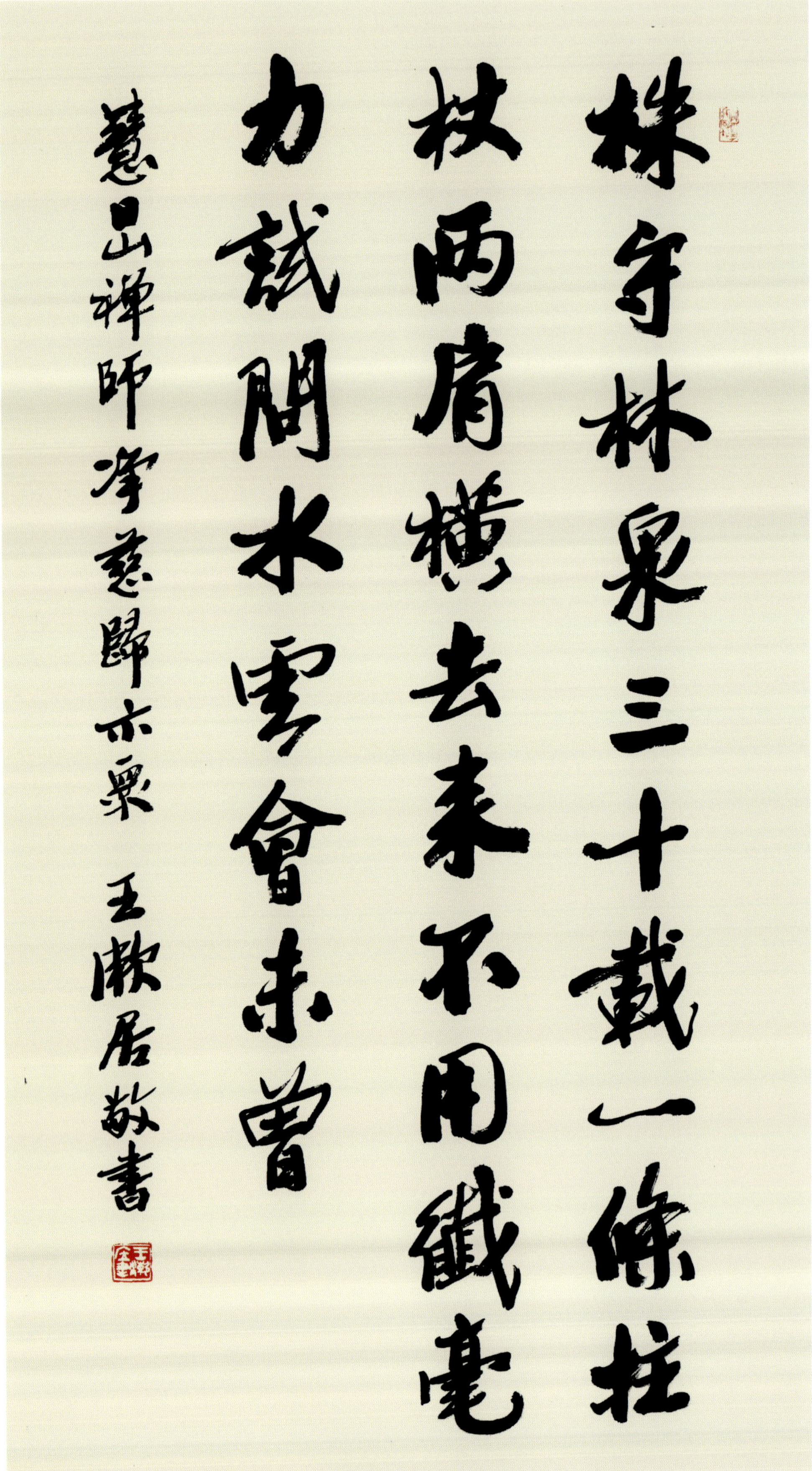
株守林泉三十載一條拄杖
兩肩橫去來不用纖毫
力試問水雲會未曾
王漱居敬書

王漱居書慧昰祖師示衆

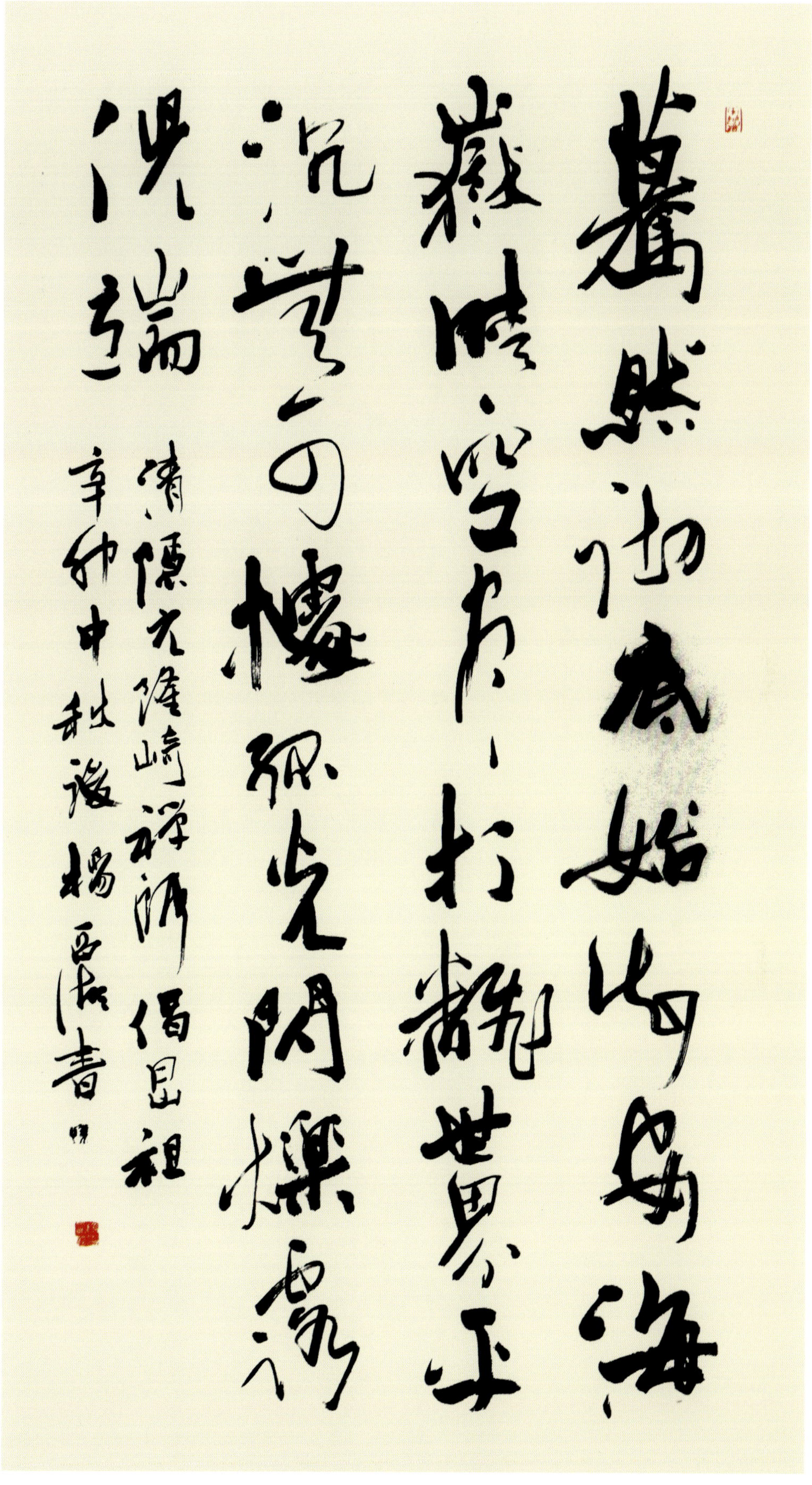

楊西湖書隱元隆琦禪師偈

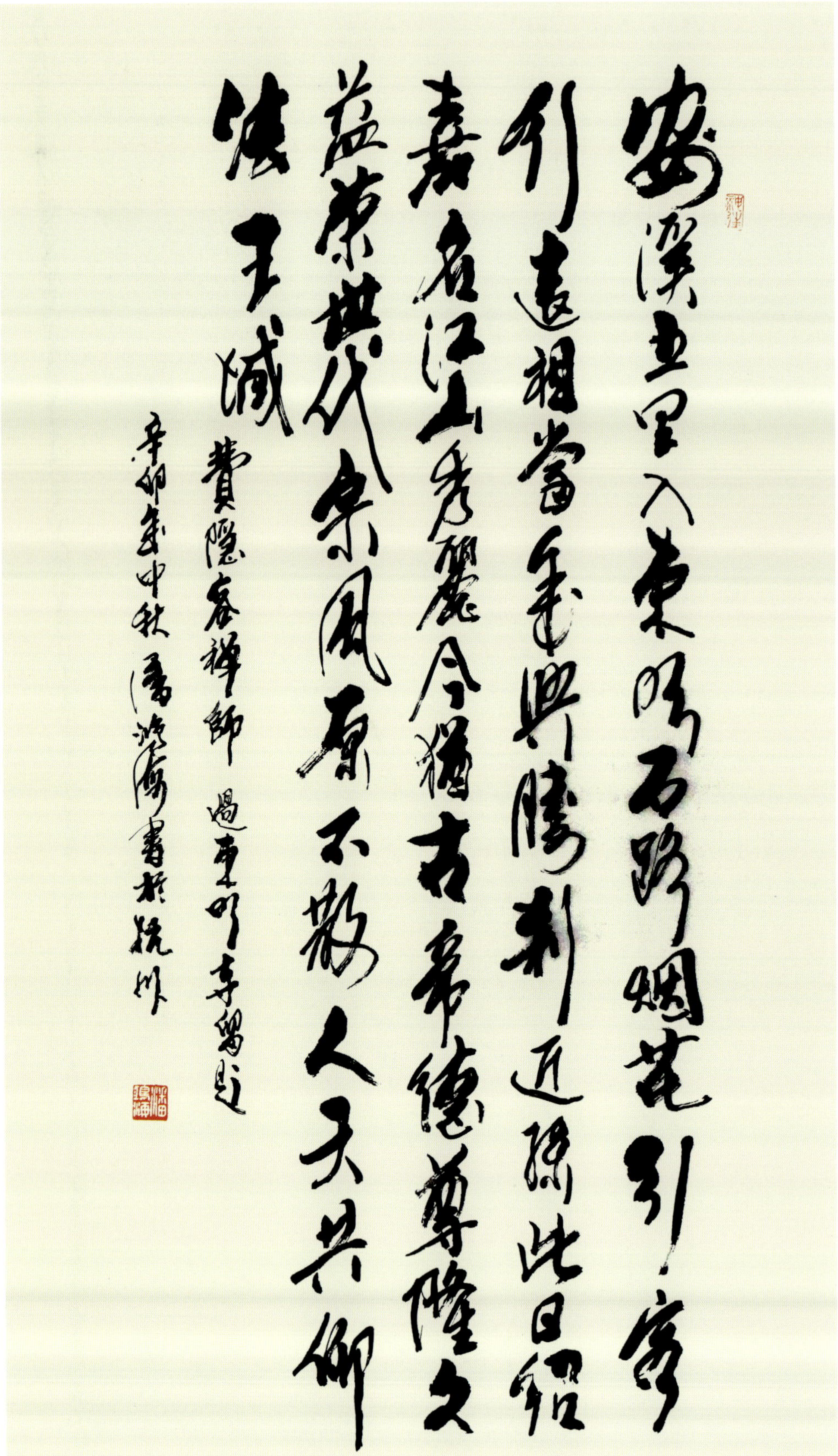

潘鴻海書費隱容禪師詩

總序

東明有山，古道寧杭。位於杭州北郊的東明山與境內的徑山、超山恰成三山鼎立之勢，同爲餘杭形勝之地。而東明山集儒、釋、道三教於一山之中，更突顯了它深具傳統文化底蘊的優勢。且東明山坐落於「中華文明曙光」——良渚文化的核心地帶良渚鎮境内，故巍巍東明和山下的滚滚苕溪河更被稱譽爲良渚文化的「父親山」與「母親河」。

東明山爲低山丘陵地貌，屬天目山山系之餘脈，最高峰金山頂，海拔四百五十九點九米，周圍數峰遥峙，形似蓮花出水。東明山地勢由西北向東南傾斜，形成了兩大山塢。東明山在東苕溪水系内，境内山澗溪流按自然地形，分屬康門溪和東明溪，最終匯入東明山南麓的東苕溪。東明山植被屬中亞熱帶常緑闊葉林地帶。漫山遍野的熱帶常緑闊葉林、落葉闊葉林和常緑落葉闊葉混交林以及數平方公里的茫茫竹海組成了東明山浩瀚的緑色海洋。

東明山不僅自然地理條件優越，更有深厚的歷史文化底藴。東明山歷史悠久，古跡星羅，遠至五千年良渚文化的瑶山祭壇遺址，千年古刹東明寺遺址，被譽爲「中國古代科學史里程碑」——《夢溪筆談》作者沈括的墓塚，以及東明塔院遺址、群仙觀、百畝山遺址、康門水庫漢代窑址、孟將殿、趙鼎墓、九度嶺等等古跡，串成了一條耀眼的文化長鏈。

位於東明山的東、西雙髻峰之間的東明寺，歷一千兩百多年的風雨滄桑，至今它的不朽傳奇仍在世間流傳。據《仁和縣志》記載，東明山在唐代以前被稱爲「靈妙山」，這個充滿釋家禪意的名字演繹着寺院千年禪宗之脈絡。早在唐代，東明山就有禪宗第九世紫玉道通禪師設立的道場，弘揚佛法。此古道場在江南一帶聞名遐邇，百姓便將「靈妙山」改稱爲「古道山」。明永樂六年（一四〇八），臨濟宗第二十三世慧昰禪師因尋覓古道場遺跡，來到古道山，「見其峰巒秀拔，遂有終焉之意」。於是慧昰便在此修禪宏法，度化衆生。經他艱苦拓基營善，東明寺高甍飛宇，旃檀氤氳，遂成江南一大叢林。寺院以慧昰字號「東明」而命名。明宣德十年（一四三五），明宣宗御賜匾額「東明禪寺」。由是寺院香火盎盛，弟子芸芸，被譽江南「臨濟祖庭」、「浙西名刹」。東明寺還建有「東明塔院」，供奉着開法祖師東明慧昰、海舟普慈、寶峯明瑄等高僧大德的舍利靈塔，爲歷代僧俗朝拜的神聖之處。

此後的數百年間，東明寺歷盡劫波，幾度興廢。據考明崇禎八年（一六三五）臨濟宗第三十一世山茨通際禪師來住持過東明寺，先後有三年時間。明崇禎十三年（一六四〇）臨濟宗第三十二世孤雲禪師來東明寺駐錫，後來又有乳峰超卓、不退超本、愚山超藏、詩僧中洲海嶽等多位高僧也相繼住持，東明寺遂迎來了它歷史上的第二次中興。孤雲禪師不僅弘揚佛法，亦著作頗豐，先後著有《東明寺》三卷、《個録》四卷、《詩偈》一卷。

東明寺不僅有《大藏經》中所載的多位高僧先後駐錫，而且與建文帝尚有一段因緣故事。相傳在明朝「靖難之役」中，燕王朱棣以「清君側」的名義起兵南下，志在奪位。建文帝在放火焚宫後倉皇出逃。後一路奔波來到了東明山。時值紫薇高照，東方既白，再環顧此山坐北朝南，氣勢不凡，便決定到山上的東明寺落髮出家。建文帝皈依後法號稱「應能問道老佛」。他在寺院倒植牡丹一棵。花中之王本末倒置的栽種，抒發了這位遜帝内心的萬般無奈。他還種下桂花一棵，花開金銀兩色，令人稱奇。殿内建文帝塑像，「圓頂修髯袞龍服，南向坐，面作重棗色，堂堂然」，儼然出家人的模樣。寺院柱上還鐫刻有一聯曰：「僧爲帝，帝亦爲僧，一再傳，衣缽相授，留偈而化；叔負侄，侄不負叔，三百載，江山依舊，到老皆空。」據《東明寺志》記載，建文帝在東明寺住有六年之久，後出走，雲遊四方。

民國三十一年（一九四二）農曆七月二十九日，東明寺遭遇了它歷史最大的一次滅頂之災，侵華日寇將東明寺一把大火焚燒殆盡，寺中不少僧侶葬身火海。一代佛教名寺，千年燈火相傳，最後只剩下三間殘破偏屋，唯有那塊《孤雲禪師塔銘》碑因砌在寺内牆中才倖免於難。

隨着歲月的流逝，東明寺荒没於蓁蕪瓦礫之中。然而令人驚喜的是，那株世所罕見的金銀桂在被戰火焚燒之後竟能絶地逢生，從一方殘留的樹皮上長出了枝葉，慢慢又長成了一棵枝繁葉茂、生機盎然的桂花樹。每當金秋時節，古桂依然花開金銀兩色，馨香沁人，見聞者無不讚歎稱奇。

東明山，曾經燦爛輝煌，而後歸於沉寂。但永恒的自然山水和沉澱的人文底藴，卻已經鑄成了它的不朽篇章。道冠儒履釋袈裟，三教同此山中。歷史已經翻開了嶄新的一頁，東明山所展示的不僅僅是嫵媚、清麗、山清水秀，更令人矚目的，是東明山悠久深厚的文化内涵與人文精神。

此次我們組織編纂《東明山文化叢書》，試圖將東明山悠久與豐厚的人文歷史介紹給大家，以期對東明山能有一個全面與系統的瞭解。本叢書主要包括以下幾方面内容：一是以各地圖書館所珍藏的東明寺歷代高僧大德所著的語録、開示、詩詞、曲賦等著作，經點校後單獨出版；二是以當代作者創作的有關東明山古跡名勝、風土人情的詩歌、散文、詩詞、楹聯等文學作品加以結集出版；三是有關東明山風土人情的繪畫、書法、攝影等藝術作品合集付梓。傳承文化永遠是我們開發東明山的使命與責任，我們也真誠地希望這項工程能夠得到各界人士的鼎力幫助與指教。

在我們不斷地研究與挖掘東明寺歷史的過程中，特别是隨着歷史上寺院各位住持留下的衆多富有哲理的語録、詩賦的相續發現，欣喜之餘，又使我們深感肩上責任之重大。吾輩唯有脚踏實地，虔誠地一步一步去踐行研究，更加深入地瞭解與探索這片博大精深的禪宗佛理天地，才能完成歷史賦予我們的重任。隨着東明山森林公園旅遊總體規劃建設的啟動，秉承「與歷史對話，同大自然共存」的開發理念，我們相信古老的東明山將會煥發出全新的神韻，成爲杭州北秀——良渚的一顆璀璨明珠。

是爲序。

乙未立夏於東明山

目録

卓明卿（一五三八—一五九七）　〇二〇
忍之法鎧（一五六一—一六二一）　〇二一
天隱圓修（一五七五—一六三五）　〇二三
唵囕大香（一五八二—一六三六）　〇二六
夏止善（生卒不詳）　〇二七
唐元竑（生卒不詳）　〇二八
蔡聯璧（生卒不詳）　〇三一
沈捷（生卒不詳）　〇三六
百癡行先（生卒不詳）　〇三八
芝巖超秀（生卒不詳）　〇三九
楊喬（生卒不詳）　〇四〇
徐林宗（生卒不詳）　〇四三
董朋來（生卒不詳）　〇四四

清代

目録

乳峰超卓（一六〇七—一六八三） ○九一
山茨通際（一六〇八—一六四五） ○九三
自覺超玄（一六〇八—一六五三） 一〇九
董纘緒（?—一六五六） 一一〇
不退超本（?—一六六一） 一一二
爾瞻達尊（一六〇九—一六六四） 一一四
魏耕（一六一四—一六六二） 一一六
玉琳通琇（一六一四—一六七五） 一一八
胡介（一六一六—一六六四） 一二〇
即非如一（一六一六—一六七一） 一二一
靈機行觀（一六一六—一六八一） 一二五
空谷道澄（一六一六—?） 一二八
梓舟超船（一六一七—一六七六） 一三〇
蔗菴淨範（一六二〇—一六九二） 一三三

陳晉明（?—一六九五）一三四
野竹福慧（一六二三—?）一三五
徐倬（一六二四—一七一三）一三九
野雲燈映（一六二五—一六九七）一四一
吴農祥（一六三〇—一七〇八）一四三
竹浪徹生（一六三四—?）一四四
查慎行（一六五〇—一七二七）一四六
中洲海嶽（一六五六—一七三六）一四七
鶴山濟志（?—一七二〇）一六六
吴焯（一六七六—一七三三）一六八
朱樟（生卒不詳）一六九
陳文述（一七七一—一八四三）一七五
黄道讓（一八一四—一八六八）一七七
丁丙（一八三二—一八九九）一七八

明　代

萬峰時蔚

萬峰時蔚（一三〇三—一三八一），字萬峰，號時蔚，俗姓金，浙江樂清人。明僧。年十三依本縣演慶昇出家，十六落髮，十九更衣學禪。參謁杭州虎跑止巖，後回明州於達蓬山佛跡寺故址卓庵辦道，觸破疑團，爲伏龍千巖元長印可。元末移錫蘇州鄧尉山，創立聖恩伽藍，道風彌布，僧俗歸向。有門人普華、普慈等集《萬峰和尚語録》。

寄海舟慈首座〔一〕

龜毛付囑與兒孫，掛角拈來問要津。
一喝耳聾三日去，個中消息許誰親。

〔一〕選自《萬峰和尚語録》卷一。

張羽

張羽（一三三三—一三八五），字來儀，後改字附鳳，號靜居，江西潚陽人。被譽爲「吴中四傑」、「北郭十才子」之一。著有《靜居集》四卷，及《張來儀先生文集》、《靜庵張先生詩集》等。

秋日苕溪道中〔一〕

深秋群物肅，灝氣明朝陽。方舟蕩清溪，良游閱景光。
疏林綴餘緑，菰蒲摇晚芳。鳴鴻去杳杳，遥嶺翳蒼蒼。
閑行無物役，洄沿自徜徉。寂寞欣有得，留連豈爲荒。

〔一〕選自《良渚鎮志·歷代詩文選》。

寶藏普持

寶藏普持（生卒不詳），字寶藏。明僧，住蘇州聖恩，門下龍象輩出，人稱聖持祖。東明慧旵爲其弟子。

送祖住山偈〔一〕

見得分明不是禪，竿頭進步絶思言。
發揚祖道吾宗旨，更入山中二十年。

〔一〕選自《東明寺志》卷中。此爲寶藏普持禪師送其弟子慧旵詩禪師偈。

海舟普慈

海舟普慈（一三五五—一四五〇），據嗣住山遠孫通際《東明第二代海舟慈祖傳略》載：普慈，俗姓錢，世稱海舟普慈，江蘇常熟人。出家於常熟破山寺。曾前往鄧尉參禮萬峰時蔚，承囑在洞庭山塢茅庵而居，長達二十九年。後經一行脚僧人激發，棄庵渡湖，前往安溪參禮虛白慧旵禪師。經慧旵點撥，普慈奮志參究，寢食俱忘，終於得法。慧旵圓寂後，普慈欲歸洞庭，爲東明寺四衆勸留，繼承慧旵禪師的法席。住持東明寺後，普慈常以現身説法，教誨衆僧正確抉擇，打通向上關捩。明景泰元年（一四五〇），普慈禪師示寂説偈後投筆而逝。塔於東明寺之右側。

付寶峰明瑄偈〔一〕

臨濟兒孫是獅子，一吼千山百獸死。
今朝汝具爪牙威，也須萬壑深山止。

〔一〕選自《東明寺志》卷上。下同。

臨示寂偈

九十六年於世，七十四載爲僧。
中間多少淆訛，一見東明消殞。

偈（二首）

源頭只在喝中存，三要三玄四主賓。
五棒當人言下會，四料還須句裏明。

末後真機死活句，個中消息在師承。
碎形粉骨酬師德，將此身心報佛恩。

拈古（二首）〔一〕

故園黄葉滿青苔，夢後城頭鼓角哀。
此夜斷腸人不見，起行獨立影徘徊。

大驚小怪古來稀，千古令人話轉疑。
多少兒孫無着落，東西南北不勝悲。

〔一〕選自《海舟普慈禪師拈頌古集》。下同。

頌古（十首）

境寂波澄見源底，天清月朗絶纖翳。
水光一色連生碧，惟許山僧自悦怡。

一花開識天下春，片葉落知大地秋。
若人未會其中意，不要愁來也要愁。

箭鋒相拄句機難，眨上眉毛豈易言。
無孔鐵鎚驀腦下，此時會得許同參。

季春芣苡生前徑，三月桃花茂小園。
可惜芳春人不識，樹頭百舌更能言。

錦價若高花更巧，能將紗手弄新絲。
從來一字爲褒貶，一宿覺名天下知。

一覺開眸見月光，披衣起坐倚南窗。
細聽隔水笙歌響，只爲吹聲不按腔。

中宫夜静百花香，欲捲珠簾春恨長。
斜抱三星光並日，朦朧樹色映昭陽。

南窗一樹正花新，飛作琉璃地上塵。
鐘鼓未聲空托缽，不能饑得此中人。

散亂隨風處處勻，庭前幾日雪花新。
無端惹着潘郎鬢，驚殺緑窗紅粉人。

今日清明插楊柳，閑把杖頭訪故友。
桃花酒肆飲三壺，不風流也是風流。

東明慧旵

東明慧旵（一三七一—一四四一），俗姓王，字東明，號虚白，湖廣人。明僧。東明禪寺開法祖師。其父曾爲丹陽税課司副使。慧旵幼時穎悟，七歲即知誦佛陀名號，寢寐不息。十四歲，禮妙覺寺湛然祝髮爲僧。祝髮之時，忽祥光四際，皆成五色。湛然驚喜説：「此沙彌，他日定南針子也！」於是以慧旵名之。慧旵爲人，奇偉方正，親先敬後，然性格剛强，不解軟語，衆人稱之爲「楚直」，又稱其爲「旵鐵脊」。嗣後抵姑蘇鄧尉聖思寺，憤疑參堂，寢食俱廢，至兩夜便洞徹臨濟宗旨。稍後，受寶藏持之囑辭别鄧尉。

明永樂六年（一四〇八），慧旵遊錢塘，見安溪古道山（即東明山）峰巒秀拔，於是在東明一住三十載，影不出山。先時門庭衰落，烟火一空，慧旵禪師至，拓基營繕，終成精藍，道風遠播，宿衲爭趨座下。正如清康熙《東明寺志》卷上《僧》：「寺以僧傳，僧以道顯。東明寺之得以僧顯，自旵祖昉也。」明正統六年（一四四一）六月二十七日，慧旵無病示化，集衆敘謝訣别，至二十九日跏趺而逝。塔於東明寺左，安溪白花塢東明塔院中。國子監祭酒胡濙爲之撰寫墓誌銘。

偈〔一〕

一拳打破太虛空，百億須彌不露踪。
借問個中誰是主，扶桑湧出一輪紅。

〔一〕選自《續燈正統》卷二七。

示衆〔一〕

幾生修得林泉下，十指無干事勿勞。
未垢更衣香水沐，才寒拾木地爐燒。
廚堂蔬菜園頭種，舟運齋糧行者挑。
若不精勤超物外，他年恐不似今朝。

〔一〕選自《東明祖燈録》。下同。

在平溪示衆〔一〕

六人學道結長期，日用工夫各自知。

今日罷參消息處，一輪明月照平溪。

〔一〕平溪：指安溪。田藝蘅《白鶴諸山記》：「度安溪橋，溪流上接苕溪，至此百里，則勢緩而淵深，無復崩潰之慮矣。」

出山修淨慈佛殿示衆〔一〕

三十餘年不出山，只緣接物到人間。
烟村水窟朝行轉，柳巷花街夕往還。
貧富傾囊同助力，賢遇仰慕盡開顏。
等閒紺殿功圓畢，依舊回山獨掩關。

〔一〕杭州淨慈寺大殿於明正統二年（一四三七）毀壞後，東明住持慧旵與淨慈住持宗妙一起將其修復。清釋際祥《淨慈寺志》等有載。此詩即爲慧旵三十年首次離東明赴杭參與修復淨慈寺時所作。

淨慈歸示衆

株守林泉三十載，一條拄杖兩眉横。

去來不用纖毫力，試問雲水會未曾？

送無極道人之補陀山（二首）〔一〕

道人無事發狂心，涉水登山海外尋。
一拜起來還一拜，不知屋裏有觀音。

四十九年説不到，一千七百也徒然。
上人若具如斯眼，始信東明不狂言。

〔一〕無極道人：生平不詳。補陀山：即舟山普陀山。

自題像贊（二首）

頂鬘無髮項下鬚，這般模樣堪作畫圖，咦！
坐斷孤峰三十載，虛名流落滿江湖。

平生懶散無規矩，一住茅庵三十年。
白日打眠空過了，傳他又費畫工夫。

偈〔一〕

瞿曇有意向誰傳，迦葉無端開笑顏。
到此豈容七佛長，文殊面赤也茫然。

〔一〕選自《東明寺志》卷上。下同。

付海舟永慈偈

今朝好笑東明事，千古令人費唾涎。
幸得海公忘我我，濟宗一派續綿綿。

付海舟永慈偈

字付慈海舟，訪我我無酬。

明年之明日，西風笑點頭。

付布毛侍者偈〔一〕

佛法不從人處得，何須特地叩諸方。
布毛拈起知端的，也是重加雪上霜。

〔一〕布毛侍者：唐代牛頭宗僧，法名會通。杭州人，俗姓吴，名元卿。唐德宗時（七八〇—八〇四），爲六宫使。唐憲宗元和年間（八〇六—八二〇），乞求爲僧，禮鳥窠禪師，居杭州招賢寺。布毛，佛語喻佛法無所不在，如布上之絨毛。

海舟永慈

海舟永慈（一三九三—一四六一），字海舟，四川成都余氏。東明旵法嗣。少時投彭縣大隨山照月薙染。住靜八載，立志參方。歷謁太初、無際，還金陵靈谷，依雪峰充首座。後至牛首領衆三載。明正統住東山翼善寺。

偈〔一〕

迷悟猶如空裏雲，碧天明淨了無痕。
歷然世界其中露，殺活由來總現成。

〔一〕選自《東明寺志》卷上。

寶峰明瑄

寶峰明瑄（?—一四七二），俗姓范，號寶峰，江蘇吴江人。南嶽下二十八世，東明海舟普慈之法嗣。未出家前爲木匠，在爲海舟禪師建造塔院時，出家爲僧担當火頭。某日苦思冥想，刻意參究，被灶火燎去眉毛，面如刀削。找来鏡子一照，見如此面目，終於豁然大悟。後住南京高峰寺。明成化八年（一四七二）臘月九日示寂，塔全身於東明寺左。

付天奇本瑞〔一〕

濟山棒喝如輕觸，殺活從兹手眼親。
聖解凡情俱坐斷，曇花猶放一枝新。

〔一〕選自《正名録》一〇四頁。

偈（四首）〔一〕

負薪和尚唤爲棘，火焰燒眉面皮急。
祖師妙旨鏡中明，一鑑令人玄要得。

棒頭着處血痕斑，笑裏藏刀仔細看。

若非英靈真漢子，死人吃棒舞喃喃。

因我得禮你，扶到又扶起。

要行即便行，要止即便止。

你既無心我也休，此心無喜亦無憂。

饑來吃飯困來眠，花落從教逐水流。

〔一〕選自《東明寺志》卷上。

月江覺淨

月江覺淨（一四〇一—一四七九），號月江，俗姓沈，母鈕氏，江蘇姑蘇人。臨濟宗西天目山高峰原妙禪師下第七世孫。覺淨禪師十五歲出家，拜於震澤鎮北張墩浮玉庵古拙法師座下，學習淨土念佛和禪宗公案。明永樂二十年（一四二二），參湖州峴山大宗具壽禪師，被婉拒，曰：「水淺不能容泊，杭有明眼人在。」於是，他便入錢塘古道山（即今東明山）拜謁慧昱禪師，一語契合，被收爲弟子。明宣德四年（一四二九），覺淨正式批緇受具足戒，後前往長乾祖堂，期坐兩年，重又返回古道山習禪求教慧昱禪師，明成化十五年（一四七九）農曆正月十九日圓寂，世壽七十九，爲僧五十四載。靈塔建于水心院。

偈〔一〕

我有一頂衣，古道山中子。
七十九年來，從此了生死。
泯跡入山中，莫現鋒芒事。

〔一〕選自《聖日唵囕香禪師傳》，並收入《雲外録》中代序。

田藝蘅

田藝蘅（一五二四—?），字子藝，號香宇，浙江錢塘人。田汝成之子。十歲隨父過采石磯，賦詩有佳句。明嘉靖年間貢生，官安徽休寧縣訓導，後罷歸。性情放誕不羈，嗜酒任俠。性又高曠磊落，至老愈豪，朱衣白髮，挾兩女奴，坐西湖柳下，優遊山林間。田藝蘅所居地近寡山，有洞曰品巖，築香宇別墅、寡山書院，與錢塘蔣灼、塘棲吕時行諸人相友，唱和頗多。明嘉靖年間，倭寇入侵。田藝蘅從巡撫阮鶚守杭州武林門。瓶窑鎮係餘杭緊關隘口，知縣吴應徵分撥鄉義兵兩千名，又調石瀨、雙溪兵，悉聽其操練調遣，督練鄉兵防守。田藝蘅學識既廣，著述宏富，著有《香宇集》三十四卷、《留青日札》四十卷、《煮泉小品》一卷等。

安溪〔一〕

無諍寺前黄葉落，安溪橋下緑波平。
乘流欲放蘭橈去，雪色苕花何限情。

〔一〕選自《香宇續集》卷二九。

卓明卿

卓明卿（一五三八—一五九七），字澄甫，號月波，浙江塘棲人。少薄章句，學騎射劍術。爲太學生時，因賦《桃溪書屋詩》出名。明萬曆中任光禄寺署正。好詩彌篤，所交傾海内豪傑，是明代文壇「後七子派」重要成員。萬曆十一年（一五八三），與汪道昆、戚繼光等成立西湖秋社，後爲南屏社主持人。其以經商積家，「修橋樑、建道路、築陂塘、設義學，出貲建大善寺，葺永清庵、兩佑聖院，造里仁橋等。歲荒，盡出儲粟賤賣之，又設糜賑食饑者，助鄉里渡過災荒，里中翕然歸義而稱賢」。嘉靖、萬曆間，卓氏已成爲江南望族，在塘棲造卓氏宗祠，建多處花園别業。此後，王世貞、皇甫汸、汪道昆、屠隆等名家大儒都成爲塘棲卓氏的座上常客。著有《卓澄甫詩集》十卷、《卓澄甫詩續集》三卷、《卓氏藻林》八卷。

發舟經安溪〔一〕

行過千溪復萬山，青蒼宛入畫圖間。
沽來酒味泉能薄，賴有歌兒玉似顔。

〔一〕選自《卓光禄集》卷二。

忍之法鎧

忍之法鎧（一五六一—一六二一），字忍之，號澹居，俗姓趙氏，江蘇江陰人。明僧。初習舉子業，才名奕奕。年三十三爲紫柏所薙度。入天目，結茅於分經臺，久之掩關宣城，其道益進。後省紫柏於都門，蒙印可。南至舒州，中興法遠浮山道場。時徑山刻《大藏經》事未竣，鎧念乃師遺志，修化城寺爲藏版處。寂後憨山爲撰塔銘。見《夢游集》、《新續高僧傳四集》卷二十一。

丙戌夏參東明孤和尚并壽〔一〕

鬘持天樂向東明，奏出箜篌幾種聲。
但見一關花散滿，不知千劫果修成。
芭蕉葉寫層層壽，絡緯聲傳字字庚。
愧我一詩三合掌，祖師門下當人情。

〔一〕選自《東明寺志》卷下。丙戌：清順治三年（一六四六）。

天隱圓修

天隱圓修（一五七五—一六三五），字天隱，俗姓閔，江蘇荆溪人。明末臨濟宗著名禪師，嗣法於幻有正傳，與密雲圓悟同門。圓修幼喪父，日以賣菜爲生，奉養老母，閑時恒持觀音菩薩名號。在龍池幻有正傳禪師座下出家，二十四歲得度。受戒後，圓修謹遵正傳師之教導，精修參究「父母未生前本來面目」之話頭，不久即有所悟。此後又多次蒙正傳師開導，大有長進，親炙正傳十八載，盡得其旨。明萬曆三十六年（一六〇八）結茅於磬山。在其主持下，漸成大刹，門下人才之衆與圓悟禪師相等。法語有《天隱禪師語録》二十卷，法嗣有杭州理安箬庵通問、湖州極思玉琳通琇、東明寺山茨通際禪師等。圓修禪師風儀磊落，賦性恬退。力恢臨濟宗旨，大闡別傳旨趣，痛呵穿鑿，嚴辨正邪。以至四方向道之士，承風踵接，競喧宇内。圓寂於明崇禎八年（一六三五）。

示山茨際徒（八首）〔一〕

幢幢往返三千里，一望渺茫隔江水。
不緣個事肯孜孜，叵作尋常辜負汝。

鍛煉十成有八九，摸着鼻孔打失口。
從教此際得優遊，他年以作獅子吼。

如牛有欄不分外，如鶴有翼高飛快。
正邪堪驗眼已明，賤買決不肯賤賣。

世衰道微竭力掙，良朋彼此挈發憤。
常懷佛祖底深恩，必竟當與人徹困。

脚踏實地茅蓋頭，懸崖撒手稱英豪。
不圖名聞虛浩浩，倣傚昔人棲鳥巢。

若逢個中真種草，逼拶須持庫內刀。
斷卻命根盡底掃，直教言下頓然超。

坐斷千峰寒徹色，騎出崑崙陶鑄物。
三玄三要驀然提，照用不來只一奪。

從上宗乘非造次，不是時流没意旨。
把住咽喉吐得氣，全機大用主中主。

〔一〕選自《天隱和尚語録》卷一三。下同。

示際徒歸省

窮山一老叟，抱病自忘慢。賴有二三子，因循過幾秋。
此行端省覲，母戀在優遊，江水片帆近，免教人倚樓。

續二二代祖師讚（並序）（三首）〔一〕

東明旵禪師

心光發現，無背無面。闡化東明，聊通一綫。

海舟慈禪師

渡生死流，全憑慈舟。令人到岸，瀟灑天遊。

寶峰瑄禪師

山藏奇玉，林巒秀蔚。得者安閒，不向外逐。

〔一〕選自《天隱和尚語録》卷一五。下同。

山茨際請

拈龜毛拂，坐個蒲團。
別無長處，佛祖難瞞。
清風拂白月，此意有誰諳？
這裏一分親切處，只許闍黎隻眼看。

唵囕大香

唵囕大香（一五八二—一六三六），俗姓吴，名鼎芳，字凝父，號唵囕，江蘇蘇州人。明僧。能博通文，素有才名。四十歲時因亡母而感夢，偶讀《圓覺經》有悟，遂棄家赴杭州雲棲寺蓮池大師像前剃度出家。行脚十年，了然無侶。著有《雲外集》、《經律集解》、《溈山警衆策注》。與錢謙益等人多有交遊，詩風頗爲稱道，被時人譽爲「洞庭名士」。曾主持塘棲大善寺，與塘棲卓人月等詩人唱和。明崇禎九年（一六三六）九月初八日結跏趺座圓寂於霞幕山。

登雙髻峰〔一〕

細路盤雲上，危峰帶雨攀。
衆香中有寺，一碧外皆山。
野鳥看投策，巖松待掩關。
佛燈前後照，消得夜閑閑。

〔一〕選自《東明寺公案十二續——和尚要雲遊》。

夏止善

夏止善（生卒不詳），明洪武進士。曾任禮部郎中，參與文淵閣編禮制兼纂《永樂大典》。

苕溪曉漲（二首）〔一〕

雨足清溪拂檻流，蒹葭歷歷散汀洲。
魚銜雪浪翻銀鬣，燕掠芹泥上玉樓。
震澤潮生春渺渺，黿山宅在晚悠悠。
行吟更起濠梁興，萬道飛泉一鑒浮。

楊柳飛花燕子來，河豚初上水如苔。
朱絲彩袖瑶臺近，畫舫青簾綺席開。
天目西來平望眼，海門東去放詩懷。
桑麻兩岸三州接，財賦江南亦壯哉。

〔一〕選自《良渚鎮志·歷代詩文選》。

唐元竑

唐元竑（生卒不詳），字祈遠，浙江嘉興人。明萬曆四十年（一六一二）舉人。其性至孝，曾代父罪遠戍邊關。明朝滅亡後，去鹽官祝髮爲僧，至餓死也不願爲清廷做事，桐鄉孝悌祠祀之。《檇李文選》卷十八輯，有唐元竑撰寫的《陳竹邱傳》、《趙雲川傳》。

春日同山茨禪師過東明寺禮昆祖塔〔一〕

正宗遥溯舊根源，遺像今瞻鐵面門。
事越百年碑早蝕，草深一丈塔孤存。
威同獅子誰能覷，曲演新豐尚可温。
鐘皷儼然殘址在，阿誰重整破沙盆？

〔一〕選自《東明遺録》。下同。

禮建文君遺像六絶句有引（六首）

像圓頂、修髯，衮龍服，南向坐，面作重棗色，堂堂然。蓋遜國後，曾潛住此中也。弔舊君者，往往寄慨興亡，欷嘘欲涕。吾獨爲君能臨危自免，晦跡終身，閱歷累朝，浩浩眉壽，當已齊得喪，證大解脱。其視失國，直棄敝屣耳。何楚囚相對，作藪澤之視耶？故詩不以吊而以慰。

玉殿瓊樓一旦空，潛身常傍法王宫。
孝陵俎豆千秋在，不向陰山泣路窮。

四兵交迫明輸去，一綫微通暗度來。
始信轉輪王位險，不如安隱從金臺。

何時可息長安鬧，獨生經中常晏然。
一笑回看當日夢，金川門闢火連天。

陰謀休恨姚廣孝，老佛向傳楊應能。
斂卻殘棋誰勝負，閻浮提内兩員僧。

爲有金甌苦見侵，孤踪何地不浮沉？
飄然只在輿圖内，莫向西洋國裏尋。
行無踪影住無門，留得空山像設存。
衲子莫驚珍御服，從來何處不稱尊。

蔡聯璧

蔡聯璧（生卒不詳），字子谷，號遯翁，别號黄坡居士，浙江鹽官人。諸生。明萬曆年間，發心修復金粟寺，鬻田三十畝，偕僧廣道重建大悲閣。天啟年間，請圓悟入主海鹽金粟寺。《東明寺志》卷下録蔡聯璧所作《請孤雲禪師住東明啟》、《請孤雲禪師東明開堂啟》、《請孤雲禪師東明開法書》。曾爲《密雲老和尚語録》作序。

棹謁東明和尚兼尋昭老舊盟〔一〕

曉發東明棹，蒼茫隻笠輕。
雲高征寉夢，風急載鷗盟。
白日留千古，青山足半生。
漫言林下寂，空谷互嚶鳴。

〔一〕選自《東明寺志》卷下。下同。

登百步礀

最初一步憑誰起，百步崚嶒幽砌中。
踏斷草鞋風雨後，振衣長嘯梵王宮。

纔登百步與雲齊，萬壑烟巒四望迷。
政在此中無退步，聳身直上絶堦梯。

陡然亂石布雲梯，要到峰頭從此躋。
一步端平千步穩，回看百步没高低。

法堂

三祖東明三上堂，巍巍鐵脊拄天長。
雲升絶壑龍從日，萬國齊肩架海梁。

歸舟即事呈東明孤和尚（四首）

桃花片片趁東風，雙槳横敲拍浪紅。
穿過夕陽梭裏電，回頭長望住山翁。

掣顛雷雨暮鴉啼，楊柳烟中客棹迷。
清磬一聲何處晚，萬輿橋畔水雲西。

一林修竹燈竿影，阡陸菴僧尚未眠。
春夜春燈宿春雨，遲遲春日放歸船。

歸船正午報隣雞，碓岸聲聲檻外畦。
典得春衫沽秫酒，大遮應許醉黄鸝。

賦覆東明和尚兼寄秋懷

東明絶巘放舟回，一葉秋光帆底開。
夜夜飛英露管草，朝朝指旭雨花臺。
自經巖桂聞香魄，只愛蕭林吼餓雷。
每賦蒼葭詩影瘦，海棠滴滴醉每苔。

懷東明（二首）

雨個年頭不到山，只緣兵革不曾閑。
重添抔土啣高厚，幾度津梁病往還。
咫水盈盈紅日遠，寸心曳曳白雲間。
音傳祖席魔風競，願守獅林最上關。

道人無福享青山，笑指峰頭雲獨閑。
新笋新茶嘗未得，孤猿孤鶴共誰還。

瘦筇已許移雙髻，寮舍可曾出半間。
闕下牡丹横谷口，海棠鐵樹把秦關。

寄懷東明孤和尚

日以病爲年，挨排到自然。
支筇憐鶴影，背笠過僧肩。
識面疑來夢，呼名道入塵。
山頭老漢信，得向侍師傳。

又

雲自高於漢，何曾破夢來？
只因野鹿性，嘗在亂山隈。
問道松風過，聯詩竹塢開。
至今寥寂夜，雲共月徘徊。

沈捷

沈捷（生卒不詳），字子遜，號大匡，浙江仁和人。明崇禎二年（一六二九）舉於鄉，次年成進士，官江蘇武進知縣。入清，任江西萬安知縣。晚年歸隱於杭州瑞石山（即今城隍山），號石門。

拜建文皇帝像〔一〕

遷移神鼎已驚秋，莫怨當年雪滿頭。
物外塵埃清古殿，江邊烽火照橫流。
自教龍象成雄主，不遣鬚眉換細愁。
千載俘臣同息影，徘徊芳蹟未能休。

〔一〕選自《東明寺志》卷下。下同。

丙戌夏日宿東明寺呈孤雲大師

東明竹色冷千秋，拂暑追攀到上頭。

倦鳥依林窺返景，歸雲倚樹暗江流。
峰高易辨星辰分，地迥難招兵燹愁。
茗椀夜深談汗漫，香林空寂且休休。

百癡行先

百癡行先（生卒不詳），號百癡，俗姓蔡，福建漳州人。明僧。曾在福建建寧蓮峰禪院、寶峰禪院、百善景禪院，杭州皇崗太平禪院，金山長慶禪寺，嘉興金粟山廣慧禪寺、梵勝禪院，松江明發禪院、超梁禪寺，福建興化崇福禪寺住持或講法。行先法師曾雲遊至東明寺訪問。著述頗多，其嗣法門人超宣等編有《百癡禪師語録》。

雙髻峰〔一〕

側立巍巍逼太虚，彤雲翠玉想衣裾。
山靈也愛嬌姿好，綰起雙髻待月梳。

〔一〕選自《百癡禪師語録》卷三〇《雜詠》。東明山有東、西兩峰，如人之髮髻，故稱雙髻峰。海拔高度分别爲二百三十二米，二百九十一米。

芝巖超秀

芝巖超秀（生卒不詳），號超秀，四川達州人。明僧。明嘉興《大藏經》（新豐版）第二十八卷有其嗣法門人清秀説、明一編《芝巖秀禪師語録》。

東明觀牡丹〔一〕

春風動處牡丹開，淡鎖輕烟倚玉階。
今日南泉來到此，問君消盡幾塵埃。

〔一〕選自《芝巖秀禪師語録》卷下。下同。牡丹：民國《杭縣志稿》卷八《建築二》載：「東明寺：在安溪大遮山前。（《萬曆縣志》）相傳建文帝循跡至此，時旭日始旦，題曰『東明』。自歸國後，方知爲帝。今範其遺像。有手植牡丹，色白如銀。（《湖壖雜記》）」

題建文皇帝隱東明寺

不愛皇宫愛梵宫，烟霞晦跡萬機空。
庭前留得花常在，何似當年文帝容。

楊喬

楊喬（生卒不詳），明末浙江錢塘人。居士。崇禎庚辰，與蔡子谷、楊三槐等請孤雲禪師住持杭州東明寺。《東明寺志凡例》：「居士有蔡聯璧、唐祈遠、楊茂庭、楊省尼、楊省曾、楊喬等協力呵護。」

春日遊東明寺（四首）〔一〕

層巒百級轉莓苔，到此名心已作灰。
古殿無塵風不掃，空林有鳥月還來。
遥遥江海迷漁浦，鬱鬱松杉拂石臺。
夢幻徒勞身世事，雙眉應共兩峰開。

竹杖閑行破石苔，高山何處得飛灰。
筍過驚蟄穿雲出，茶到清明帶雨來。
窗外野花簪髻嶺，庭前孤月照經臺。

衲僧清俸知多少，萬壑千松門自開。

林樾青蔥砌滿臺，火傳薪盡總成灰。
薜蘿依寺同寒暑，箬笠隨僧自往來。
澗水直通苕水渡，松花纔落雨花臺。
海門紅日生殘夜，萬里晴空曉霧開。

晴烟猶自濕蒼苔，不辨人間有劫灰。
香客巖深難得到，樵夫徑熟卻頻來。
危峰雲氣登山屐，曲澗濤聲聽月臺。
不道牡丹能解脱，先辭姚魏向林開。

〔一〕選自《東明寺志》卷下。下同。

禮建文君遺像〔一〕

虛白禪林幾度秋，無人敢識老陀頭。
新巢燕子丸泥壘，故國孤臣淚血流。
丫髻兩峰紅日墮，袈裟一片白雲浮。
依稀宮裏長廊月，能向山前照不休。

〔一〕郎瑛《七修類稿》：「今錢塘東明寺，土人相傳建文曾居於此，至今其如樓，非常人家有所造。」

徐林宗

徐林宗（生卒不詳）。明末清初人。

遥拜東明寺建文皇帝遺像（二首）〔一〕

帝子亭亭獨耐秋，參禪學道悟玄修。
高山不入君王夢，白石何來社稷憂。
磨鏡臺前談寂寂，無塵殿裏説休休。
君臣此日稱方外，天大興衰水一漚。

故國飄零滿眼愁，英雄短氣等閑休。
陸沉冠冕留三寶，破碎封疆護一丘。
偏袒龍天稱弟子，全身豹霧任王侯。
胸中多少悲歌事，極樂無邊一筆勾。

〔一〕選自《東明寺志》卷下。

董朋來

董朋來（生卒不詳）。明末清初人。

登東明山〔一〕

芒鞋踏凍上山巔，滿路梅花帶雪妍。
昆祖塔前雲影淡，建君殿上鏡光圓。
千峰密護無塵地，萬指重圍說法筵。
到此豁開勞夢眼，竹陰深處且高眠。

〔一〕選自《東明寺志》卷下。

嚴大參

嚴大參（一五九〇—一六七一），名爾珪，一名仲慤，號蘧庵居士、自號轆轢道人，法號大參，浙江嘉興人。明末清初學者。其自云：參道人恒喜順風揚帆，隨緣放曠。偶游餘杭，遇聞谷禪師，苦心研讀近三年，仍了無收獲。嗣後，嚴大參歷謁憨山、天隱諸位禪師，皆承許可。後參金粟通容禪師，更有所契。嗣法於天童費隱禪師。著有《轆轢集》。

禮建文君遺像〔一〕

身是君王心是禪，白牛車載出重淵。
大明天子尊如佛，萬國諸侯望若仙。
提起綱宗獅獨吼，仰瞻氣宇鶴俱閒。
回思鳳闕龍樓處，豈勝栴檀只樹邊。

〔一〕選自《東明遺録》。建文君遺像：《東明寺志》卷上載：「（大雄寶）殿中有建文君像，圓頂修鬚，衰服南向坐。蓋遜國後，曾遁棲於斯。」

費隱通容

費隱通容（一五九三—一六六一），號費隱，俗姓何，福建福州人。明高僧。十四歲出家，先後參學於曹洞宗無明慧經、湛然圓澄以及無異元來的門下，皆未契悟。明熹宗天啟二年（一六二二）在紹興吼山護生庵參謁密雲圓悟，從受臨濟禪法。明天啟七年（一六二七）密雲圓悟住持嘉興金粟山廣慧寺時，他受命任西堂首座。明崇禎三年（一六三〇）隨圓悟遷住福清黃檗山萬福寺。明崇禎六年（一六三三）七月在寺内受密雲圓悟付法，爲臨濟宗第三十一代傳人，住持黃檗山萬福寺三年。此後先後住持過温州法通、嘉興金粟山廣慧、寧波天童、松江超果、徑山萬壽等寺。在崇德福嚴寺示寂，嗣法弟子有隱元隆琦、孤雲行鑒等六十四位。著述頗多，其《五燈嚴統》一書，將原屬青原行思——石頭希遷法系的雲門宗、法眼宗皆列入南嶽懷讓——馬祖道一的法系，並且稱當時曹洞宗高僧無明慧經、湛然圓澄及其嗣法弟子「未詳法嗣」或「未承付囑」，予以貶斥而不載録，受到曹洞宗激烈批駁和抨擊，甚至遭到毁板。所著又有《五燈嚴統解惑編》、《祖庭鉗錘録》、《叢林兩序須知》等。

過東明寺留題（一）

安溪五里入東明，石路烟花引客行。
遠祖當年興勝刹，近孫此日紹嘉名。
江山秀麗今猶古，帝德尊隆久益榮。
世代宗風原不散，人天共仰法王城。

〔一〕選自《東明寺志》卷中。

孤雲行鑒

孤雲行鑒（一五九三—一六六一），字孤雲，俗姓宋氏，浙江嘉興人。清崇禎十三年庚辰（一六四〇）春，杭州蔡子公居士等人請孤雲禪師主持錢塘安溪東明寺。清順治辛丑（一六六一）五月八日示寂。門人超卓等建塔於大遮山之東麓東明塔院内。康熙元年張惟赤《孤雲鑒禪師塔銘》稱：「所著有《全録》四卷、《詩偈》一卷、《東明志》三卷。」

東明初住〔一〕

東明初住又遭荒，草滿三門月滿堂。
只有水雲投宿夜，絶無檀信送資糧。
瓜生棚上猿偷去，果熟枝頭鳥啄傷。
種種不堪重舉似，吟詩消遣步長廊。

〔一〕選自《孤雲禪師語録》卷五。下同。

懷東明舊隱

萬仞峰頭別一天，喝風棒月已三年。
誰知曳杖離雙髻，自笑翻身到玉泉。〔一〕
竹徑應遭狂鹿走，石牀定被野猿眠。
獨憐昆祖當年塔，東倒西歪尚不還。

〔一〕玉泉：江蘇常州荆溪玉泉禪寺，孤雲曾住持過。

辭歸東明

曳杖穿雲渡水涯，重重山色上袈裟。
題詩已别知音友，乞食還投長者家。
僻性自宜棲木石，閒身誰共卧烟霞。
諸君肯把萬緣放，隨我溪頭笑落花。

東明示衆

出山化道已三年，今日歸來整法筵。
拄杖重新靠壁角，蒲團依舊掛牀前。
刈茆修我當年屋，問話還渠惡辣拳。
誰謂寺門零落盡，數株古柏尚撑天。

昱祖全身塔

萬山羅列處，祖塔踞中央。
路古莓苔滑，年深松柏長。
斷雲雖冷落，鐵脊自堅剛。
獨坐乾坤外，全身不覆藏。

古法堂基

以下十二首皆東明古跡

曾圍萬指舊叢林，四面峰巒古到今。
欲識當年就法處，請看青草丈餘深。

建文君像

不是人王是法王，方袍圓頂豈尋常。
巍巍端坐無塵殿，永鎮東明古道場。

祖師塔

光禿禿兮無縫塔，赤條條地度春秋。
祖師面目今何在？橋斷碑横水自流。

着衣亭

亭亭獨立寺門首，到此人人整舊容。
亭外四周無別物，千竿修竹萬重峰。

百步𡑉

百步雲梯駕半空，舉頭一望勢如龍。
苔鱗帶雨通身活，猶恐飛騰過別峰。

古牡丹

屈曲自然成老態，離披出格不須删。
若人欲識花王臘，與佛同生在此山。

古羅漢

咄哉一隊郎當漢，壁倒牆坍總不知。
終日呆呆惟打坐，看看淋到你頭時。

風磨鏡

懸空有面青銅鏡，日炙風吹光更多。

上下四維多照徹，從來不肯倩人磨。

雙髻峰

雙雙兩髻雲爲鬟，淡抹濃粧時不同。
一段風流何處見，春來亂插映山紅。

橫山〔一〕

全身橫卧萬山中，絶斷飛禽來去踪。
獨有一溪攔不住，滔滔流出向西東。

〔一〕橫山：《東明寺志》：「橫山嶺，從大遮落脈，爲寺之左輔，祖塔之右弼，橫界於中，故曰橫山。」

安溪

一帶溪橫古寺前，澄澄澈底見清天。
溪南溪北漁家住，夜夜歌歸釣月船。

接待下院

無端忒煞老婆心，立個門頭在水濱。
寄語諸方參學者，此間不是你安身。

住金粟後暫歸東明〔一〕

舊年菊謝離雙髩，今日回山桂子香。
萬派泉聲明底事，通身蒼翠濕衣裳。

〔一〕金粟：寺名，位於澉浦金粟山，是江南最古的佛寺之一。三國吴時，江南尚無佛寺。赤烏年間，康居國高僧康僧會爲吴大帝孫權祈獲釋迦文佛真身舍利，始創江南三寺，即海鹽金粟寺、金陵保寧寺、太平萬壽寺，於是江南佛法始興。至今已有一千七百多年的歷史。孤雲曾住持過。

贈東隱老師圓戒偈

三十餘年老護法，真誠若個不爲銘。
師皈太白先和尚，戒滿東明歸祖庭。

東明遺荒（二首）

安溪有個東明寺，牆坍壁倒無人住。
歲值崇禎十有三，檀那請我主其事。
我來卻遇大荒年，鍋底常常煮白泉。
門外葛藤無暇理，終朝縮脚抱雲眠。
也無禪，也無道，白日青天虎猿嘯。
門庭冷落到者稀，熨斗煎茶不同銚。
寺門日日不常關，溪月松風頻往還。
只有破瓢懸破壁，更無餘夢到人間。

歉荒年歲家家貧，獨我山居日日富。
清風明月頻往來，流水白雲供朝暮。
門多修竹影參差，庭發梅花香無數。
畫有天然不用懸，佛唯無相何勞塑。

有時枕石峰頂眠，有時曳杖溪頭步。

道人活計百千般，便是無窮無盡庫。

示不退禪師首座入東明〔一〕

本分既明應住山，栽松種竹也閒閒。

草衣木食隨緣過，野鶴孤雲任往還。

〔一〕選自《東明寺志》卷中。下同。不退禪師：號不退，字進本，俗姓徐，江蘇宜興人。追隨孤雲於玉泉、金粟、東明諸寺。在清順治戊戌（一六五八）出任東明寺首座，並主持重修了東明大雄寶殿。

憶歸東明舊隱

身雖寓金粟，心實念東明。

泉石堪爲友，津梁亦假名。

縛間尖頭屋，煨個折脚鐺。

高卧白雲裏，閑吟了此生。

東明中秋月分題

東明山上賞中秋，衲子團圞共聚頭。
坐向石邊開笑口，行來竹裏豁青眸。
昔曾聯句嘗黄獨，今復分題泛雪甌。
尤喜無塵生鐵脊，月光光與鏡光浮。

八月初十發棹東明

中秋前五日，拉伴入東明。
天静鴻聲遠，帆高鷗夢輕。
金風迎棹去，涼月送人行。
囑汝山中子，桂枝茶可烹。

募建東明三祖塔院偈〔一〕

荒涼三塔萬山中，欲構茅堂侍祖翁。

幸得何歸圓上座，索予半偈告同風。

〔一〕《東明寺志》：「塔院，在大遮山西塢，東髻山之東，孤雲禪師塔前。」

輓東隱老宿

同隱東明已數秋，眠雲卧月共悠悠。
我因化道離雙髻，君悟無生謝一漚。
縱使病纏偏解脱，勿令人轉見風流。
回頭便是到家日，葉落歸根方自由。

安溪晚發

月正斜時風正輕，扁舟逐浪泛溪行。
南來塞雁寒空影，曉報村雞滿路聲。
樹色短長眼底活，櫓椿摇拽夢魂清。
蓬窗掀起雲初捲，鳳口人家乍天明。〔一〕

〔一〕鳳口，即奉口，原屬獐山鄉，今隸餘杭區仁和鎮。奉口是舊時杭州通往湖州的必經之地，南宋設巡檢司，明洪武中設安溪奉口税課局。《夢粱録》：「奉口溪，在錢塘安溪之北十八里。」

題建文君像

聊將瓶鉢度春秋，高步昆廬頂上頭。
身外已無塵可染，目前一任水空流。
了知玉殿千年夢，看破雲山萬古愁。
本地風光隨處是，超然獨脱樂何休。

寄懷錢塘邑侯張雲齋 别號半髮頭陀〔一〕

半髮頭陀方便多，逆行順化度娑婆。
依依明月親童叟，颯颯金風掃外魔。
孤鶴浪鳴無可奈，素琴欲借意如何。
朝朝日上東明嶺，每憶香山接鳥窠。

〔一〕張雲齋：即張文光，字譙明，號雲齋，又號半髮頭陀，河南祥符人。明崇禎戊辰進士，清順治三年（一六六四）起任錢塘縣知縣，官至按察副使。見《民國杭縣志稿》卷十二。《東明寺志》卷下：「錢塘邑侯雲齋張公，湖廣人，篤信禪宗，於□年與孤雲和尚爲方外交，論道往還，捐施頗多。本山常住一應山田給帖免役，至今被其利益。」

除夕

滿爐焰火當堂置，數段青柴就地煨。
甕底雖無除夕米，庭前且有過年梅。
一更已盡茶還熟，半偈初成雪又來。
爲驗個中消息意，拳頭豎出要人猜。

新秋寄懷

幾番收拾維摩室，淨掃竹陰深處苔。
谷口白雲長望斷，天邊鴻雁忽聞哀。

聯詩未就眠還坐，看月無聊去復來，
試問海棠何太早，枝枝秋色爲誰開。

山居（五首）

其一

從今一日不離山，十字街頭絶往還。
石塔深埋雲影裏，蒲團就放竹蔭間。
寒被破衲身嘗暖，渴酌清泉心自閑。
火種刀耕是我事，其餘不敢妄追攀。

其二

爲覓幽居到深處，柴門且喜向陽開。
雲廚瓦竈燒殘葉，破屋荒堦掃碧苔。
供佛琉璃還自點，參天修竹倩誰栽。

蒲團放下和衣卧，一任庭前明月來。

其三

自從會得個中意，渴飲饑餐那記年。
但喜住山鋤當枕，意忘行脚擔摩肩。
尖頭屋伴閑心老，折脚鐺煨瀑布泉。
撞個阿師來問話，一拳打倒萬峰前。

其四

山居落得討便宜，睡到高林日上時。
唯有此身在幽谷，了無餘念出茆茨。
傍溪放榻來新月，就樹安爐拾斷枝。
活計不勞他處覓，現成受用更何疑。

其五

山居落得討便宜，壁倒牆坍嬾結籬。
幽徑每行逢白鹿，緑蔭慣卧聽黄鸝。
茶烹不老泉流澗，飯摘時新果熟枝。
日用頭頭渾自得，個般消息阿誰知。

西湖有感〔一〕

兩境烟波仍是舊，六橋花柳又重新，
忙忙紫燕飛何事，不識誰家是主人。

〔一〕選自《孤雲禪師語録》卷六。下同。

修祖塔

東倒西歪三祖塔，七零八落萬山窩。
頭陀今日重拈出，試問諸君會也麽。

自題 愚山藏首座請〔一〕

有眼如盲，有口如啞。
不識是非，不辨真假，
人來問着，當頭便打。
且道是誰，孤雲山野。

〔一〕選自《孤雲禪師語録》卷七。下同。愚山藏爲孤雲弟子。

又 乳峰卓首座請〔一〕

忽去忽來，或收或放。
自在自繇，無背無向。
且道是誰，孤雲和尚。

〔一〕乳峰卓：乳峰超卓，爲孤雲子。

田舍〔一〕

百峰圍繞一溪邊，鋤雨翻雲不計年。
麥子秀時風愁亂，稻花開處蟹肥鮮。
但知托鉢爲瀟灑，那識耕田絶妄緣。
自種自收還自食，任他作佛與成仙。

〔一〕選自《金粟寺志》。下同。

蔬園

傍寺團圞十畝園，青山斷續見頹垣。
和烟摘去甜瓜蒂，帶露挑來嫩菜根。
樹底清香花有影，池中月白水無痕。
晚涼浴罷渾閑事，莫向牆邊覔瓦盆。

除夕

金粟禪和度歲華，團圞圍啜地爐茶。
靜聽村子敲鑼鼓，笑看山童放紙花。
迎祉乍翻新曆日，辭年猶搭舊袈裟。
門前榾柮剛收拾，雪壓琅玕个个斜。

山居

金粟今年誰道窮，雪深三尺過隆冬。
梅開滿樹堆堆玉，松老盤空節節龍。
千丈崖頭懸瀑布，五更枕畔聽洪鐘。
銅頭鐵領禪和子，盡在我家山水中。

密師翁開法金粟

九十九峰圍古寺，密雲彌布蔭其中。

一條白棒開金粟，直指人人正眼通。

小參〔一〕

春朝解制好行脚。世出世間不可着。
活潑風流物外遊，切莫無繩而自縛。
衲僧踐履不尋常，佛祖從來難摸索。
脱體無依得自由，大方獨步乾坤廓。

〔一〕選自《源略集補遺》。

林增志

林增志（一五九三—一六六七），字任先，一字可任，號念庵，自署此山道人，浙江瑞安人。明崇禎元年（一六二八）進士，任蒲圻（今屬湖北省）令，政尚廉靜，考績優異，擢翰林編修，和黄道周、倪元璐友善。明崇禎十年（一六三七），選東宫講讀經筵講官。明崇禎十六年（一六四三），任會試同考官，轉春坊兼侍講學士，尋轉少詹事。明崇禎十七年（一六四四）三月，李自成入京，不從，南歸金陵，和史可法共圖國事。數與馬士英語，不合，知其必敗。可法薦增志以禮部起，稱疾固辭。次年，唐王建號隆武，自福州來徵，起爲禮部右侍郎兼東閣大學士。清順治三年（一六四六），隨駕鎮守建寧，又移延平，權工部尚書，晉文淵閣大學士、禮部尚書。隆武死難，清兵進逼，增志至吕峰山從逾遵長老出家，改名行幟，法號法幢。迫於清攝政王徵召，增志即以僧服赴請，得放還。次年，歸永嘉密印寺。清順治五年（一六四八）回里安，居虹橋大隱廬。清順治十二年（一六五五），入大梅山結茅。清順治十七年（一六六〇）返密印寺。清康熙五年（一六六六）八月十二日密印寺圓寂，享年七十五歲。死前集諸子囑咐：「吾平生只欠一死，可勿葬，棄諸溝壑，示天下後世爲臣而不死國者。」著作有《天愳篇》、《此山天籟集》、《清華品勝集》、《甲申同患紀行集》、《密印集》、《雁遊集》、《雪竇集》、《還鄉集》、《完說通集》與《蒲圻縣志》等，久已散佚；惟《法幢禪師語録》、《任先自訂年譜》及《忠貞録》等尚有傳本。

建文皇帝像詩〔一〕

猶記雲遊數十秋，東明六載更埋頭。
已躬實事如山重，天下虛名付水流。
拄杖抛開日月擔，蒲團坐破古今愁。
獨留遺像兼宸翰，未返燕臺早大休。

〔一〕選自《東明寺公案》。

隱元隆奇

隱元隆奇（一五九三——一六七三），俗姓林，名隆奇，字曾昺，號子房，福建福清人。明泰昌元年（一六二〇），投福清黄檗山萬福寺剃度出家，法號隱元。周遊各地，遍訪名師，於明崇禎八年（一六三五）成爲臨濟宗正式傳法者。兩年後，爲黄檗山萬福寺住持。其任内四出募化，擴建寺院，使萬福寺成爲東南名刹。至清順治八年（一六五一），萬福寺僧達到數千人，其中不少高僧大德。隱元因而爲一代僧傑，名揚海内外。清順治十一年（一六五四）隱元應邀率三十位知名僧俗，赴日本長崎興福寺弘法。蒙德川將軍賜地施金，開創京都黄檗山萬福寺，大闡臨濟宗旨，被稱爲黄檗宗，成爲日本禪宗三大派之一。有《隱元禪師語録》行世。

東明昱禪師〔一〕

驀然徹底始知安，海嶽晴空盡打翻。
世界平沉無可據，孤光閃爍露倪端。

〔一〕選自《隱元禪師語録》卷九。下同。

海舟慈禪師

痛領萬峰白棒痕，洞庭搖曳小乾坤。
無端一陣業風起，浪拍孤舟過海門。

寶峰瑄禪師

虎頭關上掛鉗鎚，莫道人驚鬼亦悲。
更拽爐湯業鏡後，如何存得兩莖眉。

木陳道忞

木陳道忞（一五九六—一六七四），字木陳，號山翁，晚號夢隱，廣東潮陽林氏。清僧。甫冠，棄諸生，薙染於匡廬開先、若昧、智明，受具於憨山德清，得法於天童密雲圓悟。繼席三載，退居慈邑五磊，遷台州廣潤、越州大能仁寺、吴興道場、揚州淨慧、青州法度、興化龍珠等。清順治十六年（一六五九），世祖徵至京，開法萬善殿，賜號弘覺禪師。尋辭南還，習靜嘉興金粟，營建會稽平陽。有《諸會語録》及《北遊集》、《禪燈世譜》、《布水臺集》、《百城集》等。見《宗統編年》、《續燈正統》。

到白門埽東山海舟慈寶峰瑄二祖塔（四首）（一）

名重東山望不低，吾宗兩祖此禪棲。
龍皤地迴南天盡，鳳翥人高北斗齊。
晃晃一燈縣慧照，綿綿百祀賴緼締。
徘徊窣堵思千集，拜舞繞瞻忘日西。

睹墅何年勝謝安，慈舟高閣在東山。
華陽渡口呈橈出，白鷺洲前載月還。
一嘯清風生萬籟，乍揮玉宇幻千間。
欲知祖德難磨處，依舊豐碑洗蘚斑。

昔人埋骨誌同龕，雙塔依然似對譚。
回主作賓尊不墮，轉身就父孝何覃。
躬承此日思惟順，面稟當年想在參。
食德幾多忘德者，風規視祖若爲慚。

麥秀陵原作牧樵，梵宮尤見柏松喬。
鐘山何似東山固，祖印還同天印標。
八葉繁昌流澤遠，九重皈向毓靈饒。
建康王氣誇今古，許是吾宗不歇消。

（一）選自《布水臺集》卷五。祭掃海舟永慈、寶峰智瑄祖師塔。

歷傳祖圖讚（一）

第六十世東明昰禪師

虛空一棒打破，東明日湧榑桑。

爪牙莫怪生獰甚，脊骨從來似鐵剛。

埋向安溪去，深雲自蜕藏。

春色滿園關不住，半疄黃獨噴天香。

（一）選自《天童弘覺忞禪師語録》卷一七。下同。

第六十一世海舟慈禪師

西川成都余氏子住建康東山開翼善禪寺，碑塔具存。

坐斷秦淮百二州，龍舛信是馬駒流。

無端古道輕淩躐，惹得西風笑點頭。

摶取東山開梵宇，倒傾三峽泛慈舟。

蘁苴不是蘇痘子，休認文星作斗牛。

第六十二世寶峰智瑄禪師

高峰展旗，石頭下寨。

倒用鐵牛之機，何止坐觀成敗。

二水中分白鷺洲，三山半落青天外。

募修東山慈瑄兩祖塔偈（三首）（一）

窣堵波前長緑苔，年深代遠轉疑猜。

祖燈天欲留真照，依舊草窠輥出來。

滿地兒孫仗祖爺，迷蹤幾度問天涯。

東山一旦開生面，荆棘能容更互遮。

芳叢不豔諱言功，濟北由來迥不同。

徹底掀翻重揭露，長教松竹引清風。

〔一〕選自《天童弘覺忞禪師語録》卷一九。

讚永慈偈〔一〕

長恨西江老馬駒，如何又出者蘿苴。

慈舟高閣東山頂，坐裹長竿釣五湖。

〔一〕選自《正名録》。

禮白門東山海舟慈寶峰瑄二祖塔偈〔一〕

雙龕卓立老東山，偏界兒孫未易攀。

特具瓣香瞻拜繞，瘦松蒼靄白雲間。

祖道淵源勢豈休，壯觀今又動閻浮。
欲知無縫團圞句，三四啼鴉上樹頭。

〔一〕選自《五燈全書》卷七四。

伏獅祇園

伏獅祇園（一五九七—一六五七），字祇園，法號行剛，俗姓胡，浙江嘉興人。幼好禪誦，參密雲於金粟寺，日夜體究。年三十五剃度受具。謁金粟石車禪師通乘而得悟。乘付法，並如意、祖衣證信。後開發梅溪伏獅，闢禪堂，以至信衆瞻禮殆無虚日。有《伏獅祇園禪師語録》三卷，門人超琛撰行狀，吴鑄撰塔銘。

偈（二首）〔一〕

忽爾香燈墮地時，髑髏擊透夢初回。
横眠豎立渾無礙，倒駕鐵船任往來。

火燎眉毛刀割時，分明徹骨少人知。
當臺明鏡如斯露，覿面相呈更有誰。

〔一〕選自《伏獅祇園禪師語録》卷上。

第二十七世東明昱禪師〔一〕

廢寢忘餐未現前，虛空打破脱廉纖。
翻天覆地無回互，日湧扶桑道播傳。

〔一〕選自《伏獅祇園禪師語録》卷下。下同。

第二十八世海舟慈禪師

香燈隨地絶追求，打徹骷髑當下休。
大海漁舟千浪湧，滹沱一脈鎮長流。

第二十九世寶峰瑄禪師

抽釘拔楔驗來由，拂袖行時出格流。
踞坐金陵傳正脈，猙龍虓虎一齊收。

破山海明

破山海明（一五九七—一六六六），亦名通名，字破山，一字懶愚，俗姓蹇，四川大竹人。年十九祝髮在持庵，偶聽慧然講《楞經》，諮疑不決，即出蜀游楚，棲蘄春破頭山。後聽説密雲住金粟，徑往請益，機語契合，付以大法。明崇禎二年（一六二九）出世嘉禾東塔。五年，駐錫萬峰、雙桂等剎。二十年間，九坐道場。明清交替，蜀川多故，海明禪師出入其中，庇護衆生。有《破山語録》、《山居詩》、《雙桂草》等。

東明昱和尚〔一〕

豎枯脊樑湧扶桑，爍破乾坤不復藏。
影落安谿三十載，魚龍濟濟任奔忙。

〔一〕選自《破山禪師語録》卷一七《佛祖贊》。

虛舟行省

虛舟行省（一五九九—一六六八），字虛舟。俗姓姚，浙江慈溪人。幼通儒業。年十八雪竇寺薙染。參語風、雙桂諸先輩，依福建通容，久有省。開法於吼山。有《虛舟省禪師語録》。

爲孤雲師起龕〔一〕

龍不停雲，鳥不定木。
可止則止，可去則去，孤雲公還。

〔一〕選自《虛舟省禪師語録》卷四。

入塔

僧稱六和，不少法侶，公字孤雲。
縹緲一片歸何處，老僧曾送破暗燈。
今復請入黄金塔，遂以靈骨送入。

牧雲通門

牧雲通門（一五九九—一六七一），字牧雲，號㦔叟，俗姓張，江蘇常熟人。善書，工詩文。二十歲投破山洞聞出家。力事參究有省。謁密雲於金粟，得法。後上天童，受悟付囑，出住梅里古南，寂於吴門觀瀆恤廬，弟子奉全身塔京口鶴林。有《七會語録》、《嬾齋别集》等。

臨濟第二十三世虚白慧旵禪師[一]

何處歸來宿草菴，老君錯認古瞿曇。
一番驟雨花容褪，縹緲峰高滴翠嵐。

〔一〕選自《牧雲和尚宗本投機頌》卷一。

臨濟第二十四世海舟普慈禪師

量去量來六尺竿，眉毛燒去面難看。
死人喫棒喃喃舞，一紙家書報萬安。

臨濟第二十五世南京高峰寺寶峰明瑄禪師

何故繁詞掃不開，一拳高鑑自能裁。
西天外道雖蒙記，透網之鱗喚不來。

寄金粟孤雲法侄〔一〕

宣公祠畔柳蔭濃，藉草長堤傍古松。
山色四圍連畫舫，湖光十里鬧游踪。
青梅累累林中結，白鷺飛飛水面逢。
此別忽焉經廿年，幾思來聽隔溪鐘。

〔一〕選自《佛教詩詞楹聯選》（嘉興市卷）。

靈端弘曇

靈端弘曇（一六〇二—一七七一），字靈端，俗姓蘇，山東諸城人。幼思出世，稍長後發憤。時嵩乳道密禪師行道沃州，弘曇求薙度。南謁天童圓悟禪師。歸沃州，蒙悟付囑，開法於報恩菩提。有《靈端禪師喦華集》。

佛祖真讚（三首）（一）

東明

心亦不是佛，智亦不是道。
打破太虛空，一時多靠倒。

海舟

龜背刮霜毛，兔頭截銀角。
片月落寒潭，至今無摸索。

寶峰

西天有外道，東土無衲僧。
江山共雲月，一一是師承。

〔一〕選自《靈端禪師嵒華集》卷三。

箬庵通問

箬庵通問（一六〇四—一六五五），號箬庵，俗姓俞，江蘇吴江人。清僧。其父年長憂慮仍無子嗣，於是在鷲峰寺設無遮大會百日，後通問應禱而生。幼失母，十六歲開始發憤讀書，博覽群籍。某日路過寺院，偶然讀了《楞嚴經》，若有啟發。於是前往磬山寺謁天隱圓修禪師，然久而未契。二十四歲時爲婚事所逼，星夜投南㵎理安寺。法雨佛石禪師爲其剃度。嗣後又拜金粟寺密雲圓悟爲師，後住杭州理安寺、金山龍遊寺等處，往來於江東一帶，以興復廢寺、安輯道侣爲己任。清順治十二年（一六五五）示寂於南潯應天寺。塔在南㵎。有《續燈存稿》二十卷等行世。同時因其同門師兄通際在明崇禎八年（一六三五）東明寺出任住持，因此也常去東明寺，曾至東明山祭掃祖塔。

立春日掃祖塔二偈（一）

多年鐵脊冷雲阿，寥落空山窣堵波。
正值雪消殘臘候，春風依舊上藤蘿。

柱杖松間倚徒看，白雲流水繞晴巒。
分明一句酬恩語，九拜風前徹底寒。

〔一〕選自《東明遺録》。

大方行海

大方行海（一六〇四—一六七〇），字大方，俗姓錢，浙江桐鄉人。住婁江禪燈寺，有《大方行海禪師語録》二卷行世。

源流頌（三首）〔一〕

第二十七世東明昱禪師

打破虚空不露蹤，頂門湧出一輪紅。
依稀似曲纔堪聽，又被風吹别調中。

第二十八世海舟慈禪師

燈滅繩斷賊身現，腦後神光飛白練。
耀古輝今遍大千，逢人拈出吹毛劍。

第二十九世寶峰瑄禪師

傷鋒刖足痛無般，燎卻眉毛更不堪。
莫向鬼窟作活計，灼然一座白雲關。

〔一〕選自《大方行海禪師語録》卷三。

乳峰超卓

乳峰超卓（一六〇七—一六八三），號超卓，俗姓夏氏，浙江定海人。力田爲業，年二十四，辭親出家。看本來面目語，疑情頓起，上天童苦參三年，復參玉泉寺孤雲行鑒，有省。清順治丙戌（一六四六），受護法吳聞遠等請，住持宜興香雲寺。順治辛卯（一六五一）又受泰州富安場衆檀護請，住大聖禪寺。順治辛丑（一六六一）歲孤雲禪師遷化，緇素請師繼席主持東明寺。未幾，以山門事委託不退禪師，仍歸大聖寺終老。臨終集衆説偈語畢，别衆而寂。

送不退禪師繼住東明〔一〕

開堂莫論誰先後，達者能提向上宗。
今日羨君繼祖席，象龍千里遠相從。

〔一〕選自《東明寺志》卷中。

偈〔一〕

末後句，莫商量，乾坤坐斷證空王。

若問山僧歸何處，明朝初一日東方。

〔一〕選自《五燈全書》卷九〇。

山茨通際

山茨通際（一六〇八—一六四五），號山茨，别號鈍叟，世稱山茨通際禪師。俗姓李，明末江蘇南通人。父有隱德，母事佛惟謹，茹素浹載。不足十五歲，即從鑑川老宿聞法修道。三年後，歸離老宿，奮志參方，拜磬山天隱圓修爲師。師秉性恬静，氣度閒雅，律身嚴謹，事法古人。其待人接物不分智愚貴賤，且和顔禮敬，純成慈愛。衆人也對他十分敬畏。明崇禎八年（一六三五）秋，武林居士黄端伯邀請圓修主持東明禪寺，圓修因自己年老病軀，不能荷衆，力薦通際。通際住東明寺時，嚴峻自持，力弘祖道，寺復舊觀，規制井然。儘管通際宰領得體，但却有一些僧人不滿他的嚴格要求，於是便造謡誹謗他，明崇禎十一年（一六三八）春，通際禪師别離東明。

半年後，在湖南衡陽南嶽結茅以居，曰「居隱」。山中和尚聽説通際莅臨，紛紛給以幫助，爲他擴建了寺院，取名「緑蘿」。在南嶽期間，編纂《南嶽傳燈録》一書，所載一百三十三人。在南嶽過了大約八年的修道説法和編撰著述的生活。明崇禎末年（一六四四），通際禪師與門下遷至長沙瀏陽南源寺。次年四月八日，因誤食野芹中毒而死。後門徒按其生前意願，將其龕送至南嶽，營塔於緑蘿。其弟子達尊、達謙等編撰《南嶽山茨際禪師語録》四卷行世。

懷淨土（十首）〔一〕

丙子夏，避暑東明丈室，偶披中峰老人廣録《見懷淨土十詠語》新句。麗旨遠義，讀之覺不動跬步，使人置身淨域，水鳥樹林咸於一彈指頃，演出無生忍法。予時逞俊不禁，亦賡前韻漫成十首，聊爲執淨非禪、執禪非淨者鞭影云。

紅白蓮池内，華開没下高。
情殊分品異，心淨絶纖毫。
慈父念無倦，迦陵聲有勞。
紺樓鐘鼓動，香靄玉獅髦。

興念即成迂，心空樂有餘。
樹林珠網色，荷水草堂虚。

佛面花開處，天機日出初。
若能玄會得，不必歎歸歟。

截斷東西路，於今誰更論。
毫端吞日月，芥子納乾坤。
縱目泥犁底，橫身生死門。
莫嫌多意氣，淨穢總成恩。

一法號千差，彌陀又釋迦。
問禪心待妄，覓淨眼沾沙。
不涉二途客，迴開平地花。
亭臺瑤翠色，豈是世榮華。

彈指開樓閣，何曾待語商。

寶階珠玉潤，碧水藕花香。

浪子歸無念，慈親願不忘。

誰知眼底路，即便是家鄉。

魚鼓聲何處，鏗鏘出觀樓。

鳥和晨磬語，人帶暮雲遊。

池月花間色，園林樹半秋。

但除凡聖念，當下便無求。

觸目通西路，往來任縱横。

次方纔斂念，淨城已題名。

心未超三品，身隨位次生。

樂邦懸憶久，孤客好先行。

野岸荒塘外，蓮開又一枝。
茆齋香入座，水郭月來時。
犬馬烟村市，禽魚屋樹池。
緬懷西淨社，欲往幾羈遲。

善法堂前地，坦夷潔似霜。
瑶光明紺宇，珠色示隨方。
人定曉天月，鶯啼春夕陽。
和鈴聲衆鳥，日月展空翔。

懸望憶慈親，悲深那計春。
苦輪舒隻手，業海示全身。
斷妄翻成妄，趨真轉失真。
誰知圓鑑上，不受一纖塵。

古道山房詩鈔

清代

〔一〕選自《南嶽山茨際禪師語録》卷四。下同。

寶峰禮祖塔（二首）

珠峰高下老藤蘿，積翠香寒窣堵波。
石筧水流揚古路，斷碑苔蘚閣荒坡。
支那空闊宗猷遠，法苑庭深花氣多。
八十四人逞好手，絶淆訛處見淆訛。

車牛拽脱鼻撩天，赤骨神軀面目全。
踏處血痕腥徹底，當陽棒指未生前。
四宗俊傑從師足，遠派清流處泐淵。
慚愧兒孫無可似，追風結屋老林泉。

山居（六首）

茆屋尖頭雲樹裏，筧泉涓滴地爐邊。
客來不用山儂道，拭目家風總現前。

抱卷蘿窗坐日長，興來詩愛和支郎。
平平仄仄書蕉葉，翰墨淋漓滴翠香。

樹凋葉落秋將盡，貧者無依似絶倫。
破衲頭穿雞骨露，獨憐風調合雲門。

樹樹花飛嚮晚風，子規聲倦月明中。
山翁不放春歸去，枯木枝頭眼曉紅。

破衣亂髮一身輕，菜飯香生折脚鐺。

本色住山甘落寞，竹籬秋月十分明。

竹窗斜抱亂峰開，白晝猿啼睡起來。

花落石溪流出遠，幽禽自惜又啣回。

送印乾兄之天童〔一〕

春水春山拽杖藜，喝風棒月任施爲。

相逢太白峰頭老，一笑從他一衆疑。

〔一〕天童：天童寺，位於寧波市東六十里的太白山麓，開創於西晉永康元年（三〇〇），被稱爲中華五山之一。印乾：京口人（一五九五—一六四三），法名海印，俗姓韓，江蘇廣陵人。與山茨通際同參於圓修禪師門下，住持京口聖壽寺。

禮文君六絶 次祈遠居士韻（六首）〔一〕

看破江山總是空，披緇潛入法王宫。

圓顱鶴髮當初相，身似窮兮道不窮。

今古乾坤雙日月，朝朝西去復東來。
三宮六苑俱抛卻，穩坐蒲團傍石臺。

善藏天下事無侵，瓢笠隨身混陸沉。
鳳闕龍樓何處是，北城烟際好追尋。

遜國抛珪坐壁巔，殘燈古殿自安然。
袈裟破敝龍猶護，心若無雲萬里天。

彊場逐日事多生，機巧相承各顯能。
占斷嶺雲山一片，古今明月照閑僧。

古路沿溪繞寺門，虚堂遺像至今存。
相將合十施三拜，親面無私是獨尊。

〔一〕選自《東明遺録》。下同。

禮昰祖塔志感有引

予昔侍先師磬山室中。每命予搜討臨濟下諸祖語録、碑銘。其時，遂有杖笠江湖遍禮祖塔之思。至乙亥仲春，復侍先師於報恩，有僧元隱持《東明圖》呈先師。值祈遠居士在焉，共相展覽。始知臨濟二十一代昰祖靈塔現存，喜躍不勝。於是懷香，遂同居士越嶺，得一瞻禮。塔號、銘篆悉被侵，葬者毁壞，將淹没於荒煙古木中。共爲太息，各留一律，以志感慨云。

峰冷雲寒古到今，塔荒木林覆層陰。
碑殘字緑風霜遠，橋斷溪光歲月深。
舍利體同千尺體，松濤音雜亂流音。
吾師一脈原從此，九禮依依共苦吟。

頌〔一〕

東明不會禪，窮山住有年。
朝來飲白粥，柴生滿竈烟。

〔一〕選自《南嶽山茨禪師語録》卷上。下同。

挽真寂聞谷大師（二首）〔一〕

三更月落在苕濱，法海波騰倍慘神。
自是吾師悲願重，特垂雙足示何人。

夕陽花鳥轉身虚，夢斷寒梅香有餘。
六字攪渾清世界，不知得法幾人歟。

〔一〕聞谷大師：廣印（一五六六—一六三六），字聞谷，别號掌石。十三歲出家於杭州開元寺，曾參禮西蜀儀峰及無幻，後隨雲棲袾宏。住於瓶窑真寂寺、杭州淨慈寺，事蹟見《初學集》卷三七、《聞谷禪師六十壽序》、《初學集》卷六八、《聞谷禪師塔銘》。著有《宗門警語》等。

離東明辭杭湖兩郡護法（二首）

祖庭事業今成矣，瓢笠何妨又別遊。
廬嶽山山春正好，閑身隨處臥雲幽。

道薄不堪居祖室，合隨雲鶴聽潺湲。
從教別選僧中德，可使重拈六尺竿。

寄箬庵法兄（二首）〔一〕

一關深鎖竹窗靜，千嶺寒松節操長。
遙望故人行道處，九溪百尺浪花香。

先師一句分明語，君聽全兮我不全。
昨夜南薰報消息，大人峰吼斷雲烟。

〔一〕明崇禎十一年（一六三八），通際禪師因被謗而離開東明寺去南嶽。師兄笠庵通問來信勸他回東明，通際有信回答，此二首詩亦在其中。

示爾瞻尊徒住庵

侍吾經五載，契合在機先。
從上宗乘事，透徹已無言。
此去居空谷，刀耕火種便。
鄭重堅操志，慧命賴持傳。

和牧牛圖頌（一）

未牧

水草溪邊縱意哮，鼻頭無繫去迢遥。
誰知宇宙皆王化，亂踏雲山犯稼苗。

初調

芒繩初把鼻相穿，熟處難忘痛着鞭。
分付牧童牢守護，莫教暫失手中牽。

受制

動容頑性好奔馳，左右旋眸渠緊隨。
悵望遠山鄉信杳，披雲帶月正忘疲。

回首

知恩逐步肯回頭，烈氣消融性漸柔。
騎向平陂深草處，橫吹短笛絶羈留。

馴伏

只在平田烟柳邊，鞭繩抛卻坐翛然。

暮山鐘動上方月，恁麼歸來不假牽。

無礙

人牛相視體如如，彼此無心不用拘。
花柳叢中隨意往，團團蹄跡更無餘。

任運

或時村裹或雲中，舊地閑田草正茸。
踏遍一毫無剩跡，牧童高臥柳陰濃。

相忘

撑撑頭角卧林中，渠我渾忘雲水同。
爲愛山前蒭草細，夜深乘月過溪東。

獨照

個裏風光鎮日閑，放身穩卧白雲間。
長歌一曲聲嘹喨，直透威音刦外關。

雙泯

不見人牛不見踪，清風明月滿長空。
太平休用歌堯令，枯木重開花一叢。

〔一〕選自《牧牛圖頌》卷一（《嘉興藏》本）。

自覺超玄

自覺超玄（一六〇八—一六五三），字自覺，俗姓徐，江蘇江都人。孤雲禪師弟子，住落巫州三昧，參與編輯《孤雲禪師語録》。清順治十年（一六五三）秋，以衣拂還鑒曰「翻個觔斗」，再大書「昔」字，辭衆而寂。事蹟見《五燈全書》卷九十補。（案：清代避康熙諱，多將「超玄」寫作「超元」）

東明寺〔一〕

修竹長松藏古寺，碧天明月共溪流。
彩雲片片來瑶島，遠樹蒼蒼隱翠樓。
雙髻峰前樵徑僻，無塵殿裏萬山收。
祖庭寥落重扶起，喜見當年鐵脊儔。

〔一〕選自《東明寺志》卷下。

董纘緒

董纘緒（?—一六五六），字爾立，號東隱老宿，明末清初浙江海寧人。諸生，夙有文名。《東明寺志》：「乙酉歲，以世亂故，浩然削髮，棲遯山中者，十有餘載。以隱居東明，即更號東隱，皈依天童密老和尚於金粟，惟東明古刹尤竭力匡助，護持無倦意，居恒録輯梵書及醒世語録，手不停筆。遇人寬和，凡僧士見之者，無少長貴賤，咸殷勤禮敬，多所資助。時捐己橐回贖東明故業數十畝。清順治丙申（一六五六）歲，忽示疾，逝於本山。其謹修篤行，可稱儒林耆碩，法門典型也。徒雲頂、雲空二人，一敦雅，一英靈者。」

爲孤師祝五旬誕詩（二）

出山忽爾又三年，今日暫歸剛五十。
去來無二主人翁，見面分明重剖析。
也無死，也無生；無死無生道自成。
欲識當人無隱處，朝朝紅日上東明。
東隱叟，東明來，江山面目又重開。

萬竿千松堪作伴，綠蔭深處任悠哉。

〔一〕選自《東明寺志》卷中。

不退超本

不退超本（？—一六六一），號不退，俗姓徐氏，江蘇宜興人。從本邑鏡必庵念如師剃度，時孤雲鑒和尚開法玉泉，師往親近，孤雲移金粟，招超本輔助。及返東明，爲典客。清順治戊戌（一六五八）春，東明寺解制，孤雲囑超本總院事，立首座。清順治己亥（一六五九）歲修東明寺佛殿。清順治庚子冬（一六六〇），到金粟省覲，留板首。辛丑（一六六一）夏孤雲示寂，乳峰卓禪師繼席。未幾，舉超本自代，閱三年。清甲辰（一六六四）冬，湖州護法善信請超本往歸安圓通，不數年重建佛殿禪堂，凡寺中所宜有者無不畢具。

昆祖塔〔一〕

撐空鐵脊亂山中，碑斷文殘苔蘚封。
從始至今無覆蓋，一灣流水繞千松。

〔一〕選自《東明寺志》卷中。下同。

偶成

寄住東明已數年，終朝無事伴雲眠。
任他鐵額銅頭到，問着還他劈脊拳。

爾瞻達尊

爾瞻達尊（一六〇九—一六六四），號達尊，俗姓唐，浙江鄞縣人。年幼時即有皈心於佛。某日早起，忽見家門口有和尚遺棄的蒲團、戒衣等物件，暗自高興，以爲是上蒼給了他機會。於是，收拾起蒲團、戒衣，逕自去了福泉山，請求圜明禪師收留。三年後，爾瞻參謁天童密雲圓悟禪師。明崇禎八年（一六三五）冬，爾瞻受具足戒，年已二十有八。嗣後，歷參石車通乘、瑞白明雪尊宿之後，來到錢塘縣安溪東明山，從山茨通際學法。在通際教誨下，從前疑膺一一冰釋，學問大有長進，成爲通際之法嗣。在東明數年後，爾瞻前往南嶽緑蘿庵。清順治三年（一六四六）出主瀏陽石霜寺，開堂説法。清康熙三年（一六六四）九月跏趺而逝。塔建於石霜圓祖之側。有《爾瞻尊師語録》二卷行世。

掃慈明祖塔〔一〕

親見汾陽，滅卻臨濟，起黄龍必死之疾，
遺害將來，縱神鼎倒握之際，有甚凭據？
千古少叢林，眼空無諱忌。

全身入定草離離，別有佳聲動天地。

〔一〕選自《五燈全書》卷八一。下同。

示衆

一夏已過半，底事如何判。
過去已過去，未來亦莫算。
現在本無住，十方俱坐斷。

魏耕

魏耕（一六一四—一六六二），原名璧，又名時珩，字楚白，浙江歸安人。明亡後，改名耕，又名甦，字野夫，號雪竇，又號白衣山人。清順治二年（一六四五）潞王投降，湖州推官馮汝綰獻城。魏耕邀集湖州所屬各縣諸生數百人起義，奪回湖州城，殺降官馮汝綰。後退守長興，曾攻入湖州、武康、安吉等地，終因兵少敗走隱居。後與抗清志士，以結詩社相號召，秘密進行抗清活動，向鄭成功、張煌言進策事。清康熙元年（一六六二）魏耕被捕，在杭州官巷口被淩遲處死，葬於南屏山。工詩，著有《雪翁詩集》。

宿安溪館聽泉〔一〕

我愛安溪水，連宵枕上聽。
遠隨林葉下，灑落夢魂清。
因憶天台瀑，如虹持赤城。
至今江海客，無限白雲情。

〔一〕選自《雪翁詩集》卷八。安溪館：餘杭舊有安溪館、苕溪館，具體位置已不考。明田藝蘅《香宇續集》卷一二《雨夜宿苕溪公館》：「空館寂不眠，松柏秋聲響。溪雨濕行裝，簷風觸兵杖。葛衣涼已侵，蓮漏水應長。側聞鄰雞鳴，令人獨抵掌。」

玉琳通琇

玉琳通琇（一六一四—一六七五），俗姓楊，字玉林，江蘇江陰人。清初臨濟宗僧人。十五歲時讀《天琦和尚語録》，便立下參禪學佛之志。十九歲，從臨濟宗三十四世傳人磬山天隱圓修出家，受其足戒，任侍司且嗣其法。明崇禎九年（一六三六）圓修示寂，通琇繼住武康報恩寺，時年僅爲二十三，這在禪宗歷史上頗爲少見。清順治十五年（一六五八），奉世祖愛新覺羅福臨之召入京，在萬善殿宏揚大法，受賜號「大覺禪師」。翌年加封爲「大覺普濟禪師」，賜紫衣。十七年（一六六〇）秋，朝廷建立皇壇，特請通琇講法，並加封「大覺普濟能仁國師」。其後，通琇回西天目，重修殿宇，將雙清發展爲叢林。清康熙十四年（一六七五）圓寂於淮安慈雲庵，塔葬於潛天目山之東塢，與高峰、中峰兩祖塔相望。有《玉林通琇國師語録》十二卷行世。

題建文君像〔一〕

絶斷千絲，出頭天外。

反掌抛擲，乾坤趺坐。

遨游沙界，這邊不住空王殿，誰道重歸世主宫？

〔一〕選自《東明遺録》。

胡介

胡介（一六一六—一六六四），字彦遠，號旅堂，錢塘人。明末諸生，隱居西溪河渚。《錢塘縣志》説他「幼穎異，爲博士弟子，性高介，鋭意而行，後隱於河渚，蓬門蘿屋，與其妻翁氏笑傲山間……夫婦唱和，欣欣自得。介工於詩，死後十年，淮東黄之翰刻以行世」。著有《旅堂詩集》、《河渚詞》。

曉過安溪懷孫大〔一〕

一灣紅樹半峰烟，處處青溪好放船。
回首故人寒露裏，蓬頭無語抱山眠。

〔一〕選自《旅堂詩集》卷一。

即非如一

即非如一（一六一六—一六七一），字即非，俗姓林，福建福清人。年十八投福清龍山寺西來灝薙染，二十進具。明崇禎十年（一六三七），隱元禪師主黃檗，從受菩薩戒。曾參石雨、朝宗諸大德，再上黃檗，受法住雪峰崇聖寺。清順治十一年（一六五四），隱元赴日本開法。翌年一接召書，因海路不通，遂上天台，度石高梁，遊名山。十四年（一六五七）解纜而東渡，抵長崎，住崇福寺。清康熙二年（一六六三），省隱元於新黃檗，翌年，開山豐前福聚，大振化權，有《即非禪師全録》二十卷行世。

佛祖正印源流圖像贊（三首）〔一〕

第二十七世東明慧旵禪師

一宿甌水，兩夜慧醒。今古季昆，天下匠郢。

餘三十年，空山弔影。千里趨風，雲濤萬頃。

欲泛滄溟，呼龍入井。砍竹垂綸，拾得釣艇。

第二十八世海舟普慈禪師

碌碌論實義，扁舟過洞庭。
琉璃忽墮地，築碎水晶瓶。
七十四僧臘，九十六報齡。
寂呼瑄長老，無語可丁寧。

第二十九世寶峰明瑄禪師

面門放光，燎卻眉毛
現成公案，悟個甚麼？
我見燈明瑞如此，高提古鏡印山河。

〔一〕選自《即非禪師全録》卷八。下同。

祖師源流像讚（三首）

東明慧旵禪師

瘦益精神，老有餘韻。
咳嗽一聲，大地震動。

海舟普慈禪師

風骨淩霜，氣宇優遠。
九十六年，珠回玉轉。

寶峰明瑄禪師

神彩超邁，淳德不渝。
打翻古鏡，賺卻鉢盂。

謁金粟祖庭堂孤雲法叔

峰巒九九列兒孫，白日競朝古寺尊。
天竺花開金粟果，長垂奕葉覆乾坤。

靈機行觀

靈機行觀（一六一六—一六八一），字靈機，俗姓周，福建龍溪人。幼禮全浦九雲慧曇薙染。隨師出嶺，參禮天童圓悟禪師。一年後又參禮金粟通容禪師，一夕雷電驟閃，不覺話頭脱落，而豁然省悟。留待十年後，往湖州鳳山資福寺，闢草開山，刈茅結屋，禪學之士參請無空閒之日。有《靈機禪師語録》行世。

源流頌（三首）（一）

第二十七世東明昱禪師

拽翻自己閑巴鼻，一摑天輪透頂關。
峭峭巍巍孤卓卓，當堂奮出爪牙班。

第二十八世海舟慈禪師

見得乾坤大似斗，如何撥着便模糊。
眼光廓落超方外，始信從前不丈夫。

第二十九世寶峰瑄禪師

天自蒼蒼水自清，銀鉤驀釣渡江人。
反流棹轉村邊岸，得路歸來滿面春。

〔一〕選自《靈機禪師語録》卷四。下同。

爲東明孤雲和尚占

南泉三不是，趙州一個無。
冷地驀相磕，拍出谷谷呱。
不知是甚義？寒拾笑盧都。
仔細拈來看，元是東壁挂底大葫蘆。

入塔〔一〕

勸君先上東明去，我即束裝隨後來。

者便是老兄當時留戀此山底句。既親言出自親口，今日又親自到此。更要小弟説個甚麼？

雖然，
當陽顯露，衆眼難瞞。
驀地收歸，兄自道取。
遂捧起骨櫬云：拶破虚空無縫罅，任他千古水朝宗。

〔一〕選自《靈機禪師語録》卷六。

空谷道澄

空谷道澄（一六一六—？），號空谷，俗姓楊，忠南人。二十六歲依熊家寺出家，酆都十方堂受沙彌戒，於梁山龍潭雪受具足戒。歷參塾江木頭灘竹月、大竹萬能峰及廣方龍臺寺象崖性挺。後以世亂隱居七星山八年，歸大竹，遇敏樹如相，受印證，住成都聖壽真如寺等。有《空谷道澄禪師語録》行世。

聯芳頌古（三首）〔一〕

東明旵

何能破虛空，水流還在東。
不從知見立，日出紙窗紅。

山頭雲壘安無雨，水底波濤定有龍。

海舟慈

毛能吞巨海，芥可納須彌。

兔角爲籬棧，龜毛作網麋。

雖然是個拏雲手，不遇知音何足奇。

寶峰瑄

異境縱同風，堅牢必不空。

登山問土主，涉海告漁翁。

扁鵲盧醫不識病，水簾洞外訪仙童。

〔一〕選自《空谷道澄禪師語録》卷一四。

梓舟超船

梓舟超船（一六一七—一六七六），字梓舟，俗姓何，潼川人。二十一歲拜白蓮庵映春出家。雪門受戒。遊華山，禮拜《法華經》、《華嚴經》三載，後於華亭法忍寺見二隱，親侍四載，頗有心得，受法。隱居嘉興古心庵，閉關三年，再還檀溪寺。有《檀溪梓舟禪師語録》三卷行世。

第二十七世東明昱禪師頌〔一〕

如是憤然第二日，個中舒展露消息。
原來漏逗遍坤維，桃花滿地多狼藉。

〔一〕選自《檀溪梓舟禪師語録》卷二。下同。

第二十八世海舟慈禪師頌

念九年來枉用工，燈繩斷落振虚空。
縱横自在無餘事，赤面文殊作正宗。

第二十九世寶峰瑄禪師頌

火頭面目皮皺，奪得棒頭賣弄。
鏡照全然無痕，爲人勤始勤終。

蔗菴淨範

蔗菴淨範（一六二〇—一六九二），字爲則，號蔗菴，姑蘇嵇氏。清僧。年十五出家。看竹篦話至疑，謁弁山。一日，聞雷聲有省。後參雲門、三宜、明盂，遂與別菿住嘉禾東塔寺。工詩文，善書法。有《蔗菴禪師語録》三十卷。見《正源略集》第七頁、光緒《嘉興府志》六十二頁，《五燈全書》一百十一頁。

一花五葉圖像讚（一）

東明慧旵禪師

蘿蔔會切，殺人何難？
虛空撲落地，旭日上雕欄。
跧伏安溪心，形枯槁沸騰。
域内牆峴巑，岏曾知炎路。
尋頭客誰解，翹思慕廣寒。

海舟普慈禪師

深受萬峰踢踏，重討東明滋味。
琉璃燈下睡眼，揭開巧説異端。
知無實義願海泛，慈舟歉歲挺嘉穗。
一碧洞庭秋，千載凜高致。

金陵寶峰瑄禪師

面如刀刈，眉似火燒。
菱花一睹，妍醜難逃。
堪笑魚腸，最利倒持，刮剔英豪。
玄武湖邊閑震吼，高峰頂上起波濤。

〔一〕選自《蒸菴範禪師語録》卷二〇。

陳晉明

陳晉明（？—一六九五），生平不詳。

大遮山望錢江懷古詩〔一〕

海雲半浸越王城，城上鉦笳處處聲。
爲有樓船楊僕使，獨標銅柱馬援名。
殊方自合歸常貢，漢將何須事遠征。
武帝秦皇俱寂寞，更聞方士訪蓬瀛。

〔一〕選自《康熙錢塘縣志》卷二，以及《乾隆杭州府志》卷一四「大遮山·東明山」條目。

野竹福慧

野竹福慧（一六二三—？），字思修，號野竹，俗姓葉，渝州人。因遭變亂，南避黔州，禮東明薙染。謁龍門，參究有所契悟。出住賓州石鐘、蒙化竹林、順寧五福、昆明嵩山諸刹。有《益州嵩山野竹禪師語録前集》十四卷，《後集》八卷。

源流頌（三首）（一）

東明慧旵和尚

虛空安柄事如何，辟歷聲中走白波。
心佛剛然如粉碎，回頭星月在天河。

海舟永慈和尚

鐙繩才斷醒雙眸，放出遼天一個鶻。
自是羽毛豐足時，鵬霄九萬隨衝突。

寶峰智瑄和尚

漫笑當年山鬼子，眉毛燒卻丈夫兒。
三三兩兩都打殺，扶起瞿曇第一支。

〔一〕選自《益州嵩山野竹禪師語録·前集》卷七。

歷代祖圖真贊〔一〕

第六十世東明慧旵和尚

丹陽故家，問道雲間。
染指松公，法印未安。
果林老子，鍼芥相歡。
及見持祖，大海波瀾。
心智不是兮兩絶，朝昏發憤兮忘餐。
一拳打破天機滐，手握靈蛇佛魔寒。

第六十一世海舟永慈和尚

成都余氏，師所寄焉。
大隨故家，獨照月捐。
菴於岷嶺，一坐八年。
見太初兮發藥，謁無際兮深研。
出峽參學，幾盡霜雪於諸老，
重登古道，三掌面門於關前。
寄金縷與法眼偈，續正傳以振東山。
翼善寺中雙塔在，金陵從此月初圓。

第六十二世寶峰智瑄和尚（二）

吴江生范氏，梓業亦何巧。
一朝建壽藏，斧斤斫膚撓。
索醯聞責詞，謝過求鏟草。

執爨常負棘兮起疑，燎眉以豁然兮得道。

殺活拈來總現成，天下叢林鬧浩浩。

〔一〕選自《益州嵩山野竹禪師語録後録》卷六。

〔二〕此處應爲「寶峰明瑄和尚」。

徐倬

徐倬（一六二四—一七一三），字方虎，號蘋村，浙江德清人。少聰穎，喜讀書，十歲就童子試。十七遊會稽，受知於户部尚書、翰林院學士倪元璐，因從之學。清康熙十二年（一六七三）進士及第。改翰林院庶吉士。以選入史館，授編修。後因病還鄉。歸養十年，入京任國子監司業。康熙三十二年（一六九三），充順天鄉試正考官，所取多佳士。尋升侍讀，告老歸鄉。康熙四十二年（一七〇三），聖祖南巡，考核在籍諸臣，徐倬得第一，呈所著《全唐詩録》一百卷，得旨嘉獎，擢禮部侍郎銜，並御制序文，賜帑金刊板五十年，以旌好學。年八九時，特賜御書「壽祺雅正」四大字匾額。逾年而卒，年九十歲。倬兼工詩古文辭。著有《全唐詩録》，《讀易偶鈔》，《古今文統》，《修吉堂文稿》八卷，《應制集》二卷，《寓園小草》一卷，《燕台小草》一卷，《梧下雜鈔》二卷，《蘋蓼閑集》二卷，《甲乙友鈔》一卷，《黄發集》二卷，《詞集》三卷，《耄餘殘瀋》二卷，後合刊之，統名《蘋村類稿》。

酬中洲見贈（一）

中洲上人從黄山至東明寺，枉道記余。東明有惠皇帝像，作僧伽形。其手植牡丹尚存。

上人已爲慈光寺住持，〔二〕令復主東明，路越三千里，地分吴楚矣。

世間誰碩果，句裏覓聲聞。忽遇黄山叟，來鋪黄海雲。
錫飛天地小，瓢掛楚吴分。歎息維摩室，劫灰要問君。
蒼龍潛鹿苑，白浪吼雲門。曉泣花王露，宵啼望帝魂。
河山終改玉，香火尚流髡。試倚珠檔望，天邊月一痕。

〔一〕選自《黄發集》卷上。中洲：即東明寺住持釋海嶽。徐倬與海嶽爲詩友，《绿蘿庵詩卷》卷下有《寄徐方虎》詩：「幽庭花落處，清夜月明時。坐我青苔石，歌君白雲詩。細煙浮竹葉，踈露滴松枝。得遇西來使，殷勤寄所思。」

〔二〕慈光寺：位於安徽省黄山朱砂峰下，舊名朱砂庵，建於明嘉靖年間，後改法海禪院。清康熙四十年（一七〇一），該寺住持中洲又募銀兩百兩重修。康熙帝御書「黄海仙都」四字，盛時有僧千餘人。乾隆二年（一七三七）遭火災，閣焚殿塌，從此衰落。

野雲燈映

野雲燈映（一六二五—一六九七），字心月，號野雲。俗姓冉，湖南酃陵人。參慶忠慧機禪師於平山有悟。住忠州牛首雲巖寺。《續燈正統》十八卷，載其行狀。有《雲山燕居申禪師語録》行世。

第二十七世東明慧旵禪師〔一〕

打破虚空只一拳，頂門擊碎髑髏穿，
須彌倒走無蹤跡，明月蘆花色儼然。

〔一〕選自《雲山燕居申禪師語録》卷四。係燈映在衆時破山老人垂問著語復命頌出。

第二十八世海舟普慈禪師

知他落處命根斷，後面拈來渾没算。
兩眼洞開空劫前，一場好事無人判。

第二十九世寶峰智瑄禪師

等閑接物問緣因，鐵額銅頭峻莫禁。
只看目前多意氣，不知足下水泥深。

吴農祥

吴農祥（一六三〇—一七〇八），字慶百，號星叟，浙江錢塘人。少奇敏，讀書一覽成誦。家富藏書，與吴任臣齊名，呼爲「二吴」。吴農祥博學工詩古文，尤精于《易》。著有《蕭臺集》二百四十卷，《梧園雜志》二十卷，《流鉛集》四十卷，《詩餘》二十四卷，《錢邑志林》等行世。

望雲亭宋謝緒讀書處〔一〕

天插萬峰青，金龍蓋草亭。
山川傳壯氣，海岱見精靈。
白日來雲下，黄河觸浪腥。
百神歸未得，獨立正冥冥。

〔一〕選自《金龍四大王祠墓録》卷二。望雲亭：宋末，外族進入中原，江山易主，謝緒在錢塘安溪金龍山上建有望雲亭，讀書隱居。

竹浪徹生

竹浪徹生（一六三四—？），號竹浪。俗姓王，四川定遠人。有《青城竹浪生禪師語録》行世。

源流拈頌（三首）〔一〕

第二十七世東明旵禪師

七竅初分漸別離，無陰陽地驀逢渠。
從今結個忘年友，起坐相隨不放伊。

第二十八世海舟慈禪師

二十九年尋實義，溪聲鳥語咸花費。
猛然扽斷爛燈繩，擊得虛空齊粉碎。

第二十九世寶峰瑄禪師

同氣相求不識名，同聲相應不知心。
丙丁童子無情見，燎卻當年舊面門。

〔一〕選自《青城竹浪生禪師語録》卷七。

查慎行

查慎行（一六五〇—一七二七），初名嗣璉，字夏重，號查田，後改名慎行，字悔餘，號他山，賜號煙波釣徒，晚年居初白庵，故又稱查初白，浙江海寧人。清康熙四十二年（一七〇三）進士，特授翰林院編修，入直内廷。康熙五十二年（一七一三），乞休歸里，家居十餘年。雍正四年（一七二六），因弟查嗣庭訕謗案，以家長失教獲罪，被逮入京，次年放歸，不久去世。查氏詩學東坡、放翁，嘗注蘇詩。朱彝尊去世後，爲東南詩壇領袖。著有《敬業堂詩集》。

贈清涼中洲禪師（二首）〔一〕

師在吾鄉住十年，風塵南北見無緣。
眼前一片清涼界，二老相逢亦偶然。

經史紛綸入剪裁，黄山賦可壓天台。
波流雲委三千字，一句何曾杜撰來。

〔一〕選自《東明寺公案》。

中洲海嶽

中洲海嶽（一六五六—一七三六），字菌人，號中洲，江蘇丹徒人，家居鎮江。清順治十六年（一六五九）三歲時出家，後曾主持南京清涼寺、黄山慈光寺。康熙癸未年（一七〇三）夏，從黄山慈光寺受請往錢塘東明寺出任住持，與唐建中（字赤字，號南軒）合撰《雙髻堂唱和詩》。著有《緑蘿庵詩集》、《萬山拜下堂稿》、《黄山慈光寺木蓮花百詠》等集。其所作《黄山賦》，洋洋萬言，全用集句，上取六經，下取百氏。清人王乃敏記載曰：「菌人嘗主席錢塘安溪之東明寺。寺有牡丹一株十杆，一杆百花，傳是讓帝時物。竟陵唐建中赤子與菌人各作五言長篇紀其盛，名《雙髻堂唱和詩》。」（見哈佛大學所藏道光元年〔一八二一〕刻本王豫《江蘇詩徵》）

酬韋六象徐方虎過訪〔一〕

天際青白雲，雙雙下庭除。
斯須散成綺，俯仰光我廬。
我廬頗環堵，古拙嚴壑如。

高人並駕來，衣冠類先儒。
握手徐入門，禮數與世殊。
何以接殷勤，椀茗爐香俱。
快談古皇前，句句通賢愚。
時值籬菊開，南山與不迂。
悠然賦歸去，佇目戀迴車。

〔一〕選自《緑蘿庵詩卷》卷上。下同。韋六象：韋人鳳，字六象，明末清初武康人。清康熙十三年甲寅（一六七四）歲貢生，著有《緱城集》。徐方虎：徐倬，字方虎，號蘋村，德清人。

夏日丁藥園弋雲伯仲過訪〔一〕

一笠掛城寺，邃若處窮谷。
長年惟閉門，知交寡往復。
二陸謬相過，〔二〕蓬廬光昱昱。
更兼聆清言，豈獨新耳目。

愧我蕭散人，襟懷同草木。
坐久日影移，檐蕉卷新緑。
意倦竟欲去，臨别手還握。
送君出花底，香氣襲行服。
重來定無時，新詞願相續。

〔一〕丁藥園：丁澎（一六二〇—？），字飛濤，號藥園，浙江仁和人，《塘棲志》有傳。明崇禎壬午（一六四二）科舉人，清順治乙未（一六五五）進士，官禮部郎中典河南試，因科場事波及，放謫五年，小居南岡，躬自飯食，遇赦還家。歸後即不問户外事，而自娱於詩文，爲杭州「西泠十子」之一。著有《扶荔堂詩集》、《扶荔堂文集》、《扶荔詞集》、《讀史管見》、《存笥日鈔》。弋雲：丁景鴻，字弋雲，號鷲峰。年未壯即名播江左，與兄丁澎、弟丁瀠皆以詩名世，名之曰「三丁」。清順治五年（一六四八）舉人，作老孝廉三十二年，不得一官。就選至金閶，抑鬱而卒。

〔二〕二陸：指晉陸機、陸雲兩兄弟。《晉書·陸雲傳》：「少與兄機齊名，雖文章不及機，而持論過之，號曰二陸。」這裏借指丁澎、丁景鴻兩兄弟。

登徑山禮諸祖塔因雨阻信宿松源山房〔一〕

此來篤真遊，載登雙徑岑。〔二〕
佳景協清憂，飛潛獲我心。
上有千丈松，一鶴懷其音。
下有千仞潭，雙龍時復吟。
良夜不知寐，萬壑含幽陰。
明燈攬玄默，孤坐思不禁。
緬彼寂樂人，其理尚可尋。
塵世豈不悠，須臾成古今。
明旦陟淩霄，〔三〕石泉芳草深。

〔一〕松源山房：在餘杭徑山，《萬曆餘杭縣志》：「松源房舊爲嶽禪師退居，後八十代鏡禪師塔院在此。」

〔二〕雙徑：指餘杭徑山，《臨安縣大滌山辨》云：「故徑山有雙徑之名，東屬餘杭，西屬臨安。」

〔三〕淩霄：徑山主峰淩霄峰。

夏日徐方虎相期恬庵上人訪余山寺因雨阻不果以詩貽之即韻賦答

屆兹長夏時，舉世若覆釜。
獨有曠達人，北窗坐栩栩。
尚念及林下，瑶篇頒蓬户。
披吟之再三，清風滿庭廡。
頃刻破炎歊，斯須泛涼雨。
更說偕支公，訪余迷烟浦。
余慚此安居，一往禁鐘鼓。
日與諸禪流，黽勉成水乳。
所以尋常間，不暇走塵土。
比當頻過從，夙懷願言吐。

九日海上懷石菴禪師

海上恣遊眺，況逢九日時。

沿塘看采菊，南山意在兹。
紆迴十餘里，杖履隨所之。
居人寡耕種，煮鹵日以爲。
野烟浮波濤，天地淼無涯。
秋思紅樹外，遠心碧雲期。
溪口執手來，南北相羈遲。
撫景聊行吟，孤鴻聲何悲。

早春過梅竹山齋贈月聲師

雙髻之南安溪北，索居君已成幽獨。
春風一棹到溪頭，溪雲相引入山谷。
梅花千樹竹萬竿，香光滿塢瑣寒緑。
我來況是正月前，山家景物初新鮮。
主人情義亦何好，再三留住過月圓。

夜歸溪上歌呈戚次匪〔一〕

溪上夕陽飛滿樹，溪中緑水流不住。
村人兩岸爭渡喧，野鳥一群下烟渚。
鳥已棲定人已歸，舉頭又見溪月輝。
沿溪踏月入山谷，谷口人家欲掩扉。

〔一〕戚次匪：戚依，字次匪，清初德清人，康熙十四年（一六七五）科舉人。

苕溪客舍與白門師話舊

鄉閭風景舊來非，杓略人家漸漸稀。
爾我如今隨處好，不須惆悵問庭闈。

越中送友

越中多少水兼山，一往收歸雙屐間。
此去何須愁寂寞，春風秋月啟柴關。

苕溪别友〔一〕

江國春將半，離人復遠行。客亭雲乍曉，别路雨初晴。

詩憶珠林雅，名留白社清。苕溪烟水濶，何似故人情。

〔一〕選自《緑蘿庵詩卷》卷中。下同。

溪上晚眺

何處堪遊眺，東西溪水頭。數群鷗浴日，一陣雁横秋。

野草牛羊路，斜陽蘆荻洲。長歌獨歸去，生事羨漁舟。

遊徑山〔一〕

國一開山寺有名，〔二〕到來最喜值新晴。

連雲樓閣如神造，繞眼峰巒等畫成。

龍入洞時秋水碧，客經行處晚鐘清。

松杉離立烟花亂，野鶴歸來月正明。

〔一〕徑山：《咸淳臨安志》卷二十四：「徑山，在縣北去縣五十里。」

〔二〕國一：唐代宗大曆三年（七六八），詔徑山法欽禪師入見，待以師禮，賜號國一禪師。

寄徐方虎

幽庭花落處，清夜月明時。坐我青苔石，歌君白雲詩。
細烟浮竹葉，踈露滴松枝。得遇西來使，殷勤寄所思。

宿靈隱

龍宮鷲嶺路漫漫，到此方知境界寬。
西子湖爲明鏡照，飛來峰作畫屏看。〔一〕
暮雲縹緲金繩潤，春雨涳濛石筍寒。
坐至夜闌群籟寂，鐘聲引月上林端。

〔一〕飛來峰：《輿地志》：「晉咸和元年（三二六），西天僧慧理登玆山，歎曰：此是中天竺國靈鷲山之小嶺，不知何年飛來，佛在世日，多爲仙靈所隱，今此亦復爾邪。因掛錫造靈隱寺，號其峰曰飛來。」

送不波上人歸里〔一〕

一疾嬰身歲月長，勉教從我下錢塘。
孤舟風雨行江岸，半載艱難寄草堂。
恍惚山雲飄炎氣，蹉跎巖桂散秋香。
遥知此際親朋望，未可遲留在異鄉。

〔一〕選自《緑蘿庵詩卷》卷下。下同。

溪上春興

杖策溪花溪草傍，行來是處足徜徉。
憐春幾倚橋邊樹，得句頻探袖底囊。
白鷺差池飛暮雪，碧桃輕薄落晴香。
江南風景知相似，一帶蘭舟泛錦塘。

西湖行

步出錢塘門，〔一〕引領湖之洲。
上有芳杜蘭，花葉交相稠。
我思一采掇，日暮苦無舟。
踟躕不能去，中心懷所憂。
安能有羽翼，翻飛得自由。

〔一〕錢塘門：宋吴自牧《夢粱録》卷七：「城西門者四：曰錢塘門，曰豐豫門，即湧金；曰清波，即俗呼闇門也；曰錢湖門。」

秋日過棲溪訪張介山不值〔一〕

西風三十里，吹我到溪頭。
路轉長橋靜，〔二〕門依曲巷幽。
書聲全帶古，樹色半含秋。
不見張平子，何從問四愁。

〔一〕棲溪：古時塘棲的別稱，清初塘棲地方志稱《棲溪景物略》。張介山：清初塘棲詩人金張，字介山，號芥老，人稱「張介山」，錢塘諸生，著有《芥老編年詩鈔》。

〔二〕長橋：又名廣濟橋，在塘棲鎮，横跨大運河。

酬石庵禪師〔一〕

巖庵乍住事多違，荒僻何堪錫杖飛。
倒屣未遑忙掃徑，披衣不及亂開扉。
松花米飯香猶薄，野菜羹湯味欠肥。
偏肯遲留談竟日，水雲情義自依依。

〔一〕石庵：號紹隆，清僧。俗姓趙，安徽休寧人。清順治十七年（一六六〇），塘棲重建棲霞禪院，延石庵禪師住持。著有《棲霞雜詠》。

登棲水文星閣〔一〕

迴出雲烟百尺高，溪山道路往來要。

東西村店連平野，南北人家瑣泬漻。
吴越帆檣分兩岸，漁菱歌唱起横橋。〔二〕
維舟直上天衢接，咫尺文星看不遥。

〔一〕文星閣：又名文昌閣，俗稱八角亭，在塘棲鎮跨塘橋西。

〔二〕横橋：指文星閣旁的跨塘橋，三孔石拱橋。

再過昇元觀〔一〕

十年重復到仙家，仙景於今更可誇。
珠樹兩行籠紫霧，翠禽幾對戲丹霞。

〔一〕選自《緑蘿庵詩卷》卷下。昇元觀，在武康計籌山。明代《武康縣志》：「昇元觀，在縣東南三十五里禺山麓，宋紹興二十六年（一一五六）和王楊存中建，高宗賜御書額。」清初時塘棲卓天寅重修。

西湖晚步

西泠風日晚相牽，徐步行來花柳前。
遊騎六橋嘶落照，酒船兩岸弄浮煙。
雲歸嶺脚山屏合，月到湖心水鏡圓。
此景此時誠不淺，何須更説唐宋年。

訪友不值〔一〕

尋君復不見，寂寞出林間。落葉溪邊路，浮雲海外山。
午烟桑柘隱，秋色户庭閑。愛爾幽棲好，歸來亦閉關。

〔一〕選自《晚晴簃詩匯》卷一九六，《清詩別裁集》。

上堂〔一〕

諸方今日安居，吉祥事無一向。
他人行處不行，他人尚處不尚。

日午慣打三更，個是渠儂伎倆。
謾誇奪食驅耕，剖腹刳心保障。
直饒問若興云，須知不肯輕放。
若戀兔徑遊行，辜負三登九上。
者裏不比尋常，佳器須資敏匠。
何必口似轆轤，只要一言諦當。
此事真實相爲，敢有一毫欺誑。

〔一〕選自《正源略集》。中洲海嶽禪師在德清吉祥寺上堂時的法語。

木蓮花百詠（選十首）〔一〕

其一

黃嶽蓮花迥不侔，花開卻在樹枝頭。
豈因沃土生元異，但覺深山助更幽。
種或容成仙日下，名非惠遠社時留。

我生前夕吾親夢，一老曾持一朵投。

其四

潭影嵐光高復低，喬枝開與玉樓齊。
闔排飛翠分千葉，簾卷空香散一溪。
擇木黄鶯爭出谷，營巢紫燕不銜泥。
凴欄滿目皆香雪，來往無人擅品題。

其十

根盤節錯葉扶疎，産在祇林未布初。
千二百人坐不偏，三十六峰遮有餘。
子結菩提分顆顆，花開智慧合如如。
迦文昔日親拈起，個裏風情迥自殊。

其十五

獨饒幽致綠雲中，韻比梅花迥不同。
一賦寥寥傳敬括，餘思勃勃想揚雄。
輕盈肯逐纖和麗，恬淡寧隨紫與紅。
不落人間諸色相，傳來清白是家風。

其三十三

菡萏枝生世罕同，淤泥不着接寒空。
樂天曾譽黄心木，公慤休誇碧卷筒。
根器已居仙品内，光華獨轉法輪中。
挺然高出布金地，不朽千秋衛梵宫。

其四十六

奇哉每歲到殘春，壓寺淩虚境愈新。

巖鹿群來依坐客，林鴉雙出導遊人。
花開上界標真色，影散千溪是幻身。
須信菩提本無樹，從教徧地是埃塵。

其五十二

看花松下復清齋，盡日薰風入好懷。
千古自芳誰表異？百年相賞獨耽佳。
枝欹松色烟橫徑，香壓泉光月滿階。
可望何嘗不可即，神仙飄渺涉齊諧。

其六十二

去年今日已全開，花候匆匆去復回。
人在不凡天上看，色從離垢界中來。
風前小美琴三尺，月下惟烹茗一杯。

說到榮枯皆細事，江南何故動人哀？

其七十四

重峰絶巘結根深，冬雪春冰肯自任。
既傍高巖花得所，豈辭勝日客相尋。
淩霄貞幹同松柏，潔己聲名重玉金。
歎息開山人已矣，還將孤樹表堅心。

其九十九

花下尋詩遠復旋，詩情花意兩相牽。
花將開到三千朵，詩已吟成一百篇。
朵朵花中含氣相，篇篇詩裏吐雲烟。
安能詩與花相副，人説花時詩並傳。

〔一〕選自《木蓮花百詠》。

鶴山濟志

鶴山濟志（？—一七二〇），字慧峰，上海華亭人。曾爲蘇州鄧蔚山聖恩寺住持。著有《執掃集》，見嘉興藏《大藏經》。

洞庭歸乞食長沙山下寄海公〔一〕

行盡群峰落照黄，扁舟斜繫水茫茫。
摩娑應量隨雲影，撩亂田衣數雁行。
藉草不嫌松屑飯，重崖無隱桂花香。
曾從摩詰談遺事，猿鶴猶知戀上方。

〔一〕選自《執掃集》卷上。下同。

别東山海公

東山爭羨碧嶙峋，此日談衷感故人。
萬頃銀濤乘八月，千林紅葉擬三春。

交情共向燈前盡，世事驚看別後新。
識得雙峰猿鶴意，怪余猶是舊時身。

吴焯

吴焯（一六七六—一七三三），字尺鳧，號繡谷，浙江錢塘人。吴焯好詩，常與當時名流雅集。康熙四十四年（一七〇五）江南巡獻賦，召試。康熙五十六年（一七一七）奏進所著書。著有《徑山遊草》、《南宋雜事詩》、《藥園詩稿》、《玲瓏簾詞》、《陸清飛鴻集》等。

謁金龍四大王祠〔一〕

千古靈胥氣未銷，青霓曳曳下雲翹。
巫師但擊靈鼉鼓，更有何人賦大招。

〔一〕選自《金龍四大王祠墓録》卷二。原注：「《金龍山聖跡記》：謝公緒會稽諸生，居錢塘，安溪謝太后侄也。三宫北行，公投安溪死，門人葬於鄉之金龍山。明太祖吕梁之捷，神顯靈，遂敕封金龍四大王，立廟於黄河之上。余修《錢塘邑志》，補入忠節傳。」

朱樟

朱樟（生卒不詳），字鹿田，一字亦純，號慕巢，晚號灌畦叟，浙江錢塘人。康熙己卯（一六九九）舉人，雍正年間官山東澤州府知府，修《澤州府志》、《澤州金石録》。著有《觀樹堂詩集》十四卷，内分《叱馭集》一卷、《問絹集》一卷、《白舫集》二卷、《古廳集》四卷、《冬秀亭集》四卷、《刻曲集》一卷、《一半勾留集》一卷。

宿接待寺〔一〕

隔溪漁火度春塍，岸上人眠喚不應。
桑下只償三宿願，燈前已换十年僧。
窗驚夢雨多無賴，淚寄封書久未能。
香篆頻銷談往事，論松新長壓枝藤。

〔一〕選自《一半勾留集》。下同。接待寺：東明寺下院，在安溪鎮市橋南。平屋二進，所謂接待下院是也。

苕溪大橋晚望

對岸忽佳霽，餘杭無數山。
照人溪不淺，喚雨鳥初還。
夢老青蕪國，花深菉豆灣。
憑虛一悵望，消得此春閒。

泛苕溪

緑水知難唾，微波作暈圓。
荒祠依老樹，小艇疊空船。
麥氣浮青岸，桐花帶澹烟。
别來年月人，倚柁轉淒然。

東明山入山

髻峰梳裏翠嶙峋，洗眼難尋昨歲春。

啼雨但聞歸去鳥，入山才有看花人。
香藤倚樹垂無力，亂石粘苔冷透身。
一徑穿林風更緊，漸無雞犬漸離塵。

過亭

踏葉荒林蕙露微，緑蘿庵毀客來稀。
山中行雨復坐雨，亭上脱衣還着衣。
筍塢封泥修竹賤，茶園香晚畫眉飛。
石頭路滑終難問，時有孤僧戴笠歸。

到寺

尖頭屋底曲遮門，白吐山腰午未分。
掃地漸通花信息，避人先斷鳥知聞。
簾前淨緑薰羅薦，欄外晴紅繞夢雲。

與客尋思參玉版，香芻氣味已除葷。

古牡丹（二首）

殿前牡丹一本，相傳明建文帝手植，高二丈許。怒芽叢生，花狀千計。爲兹山勝蹟。麗上人索詩，〔一〕因題長句。

滿幕尖風繡作堆，託根傳自讓王栽。
六時值得千迴看，四照都如一面開。
瑶朵欲扶春雨重，叠波微换淺霞催。
參差只似簾垂地，勸酒真須畫裹來。

豔多烟重總夭妍，初見紅樓散錦筵。
下殿僧來同避世，舉頭花笑夢談禪。
欲詢往事多無賴，待餞殘春又一年。

不與芳菲潛結伴，宫中老佛有誰憐。

〔一〕麗上人：即麗雅，時爲東明寺住持。

留别東明寺主麗雅上人（三首）

從師黄嶽至，掛錫水鄉間。
薙草曾迎客，留花不下山。
法高雙樹説，塵毒一珠還。
相訪蘿鈎外，尋春此扣關。

花宫選妙色，人赴牡丹期。
直爲吟詩晚，但言相見遲。
鳥鵲抛去飯，茶煮摘來枝。
淨埽沉香坐，孤雲是本師。

微涼吟殿角，窗有蜜蜂聲。
出寺逢樵弟，還山拜乳兄。
半瓶寒雨活，一飯妙香生。
受記呈材日，新篁緑已成。

苕溪夜發

澹渌出溪月，隔橋燈亂紅。
牽吟春水上，分夢櫓聲中。
晚霧收帆夜，廻塘拍岸風。
采香來鳳口，回首異花宮。

陳文述

陳文述（一七七一—一八四三），初名文傑，字譜香，又字雋甫、英白，後改名文述，别號元龍、退庵、雲伯，又號碧城外史、頤道居士、蓮可居士等，浙江錢塘人。少以詩名，室名頤道堂、碧城仙館、三十六芙蓉讀書樓、題襟館。十八歲入縣學，爲錢塘學諮部優行廪生。嘉慶元年（一七九六）應杭州鄉試，嘉慶三年（一七九八）中鄉試副榜，同年九月，阮元任滿離浙，招文述隨從入都。次年秋九月，阮元奉命撫浙，文述又隨阮元抵浙，入阮元幕下。嘉慶五年（一八〇〇）五月，阮元立「詁經精舍」，選兩浙諸生讀書其中，文述爲其精舍諸生。秋，中恩科舉人。嘉慶六年（一八〇一）春入京參加會試。居京師五年。著有《碧城仙館詩鈔》、《頤道堂集》、《秣陵集》、《西泠懷古集》、《西泠仙詠》、《西泠閨詠》及《碧城詩髓》。

東明寺吊建文帝（一）

曉色依然麗絳霞，溪流曾記浣袈裟。
殘山剩水悲家國，細柳新蒲感歲華。
滄海龍歸雲北向，丹山鳳去月西斜。

精藍便抵燕山墓，留得君王手種花。

〔一〕選自《西泠懷古集》。下同。

安溪吊謝緒〔一〕

竟以安溪作汨羅，三宫行矣事如何。
陸張有志終沈海，韓岳無人孰渡河。
終古金龍垂祀典，也同白馬溯江波。
孤山正節還祠廟，從古書生報國多。

〔一〕選自《西泠懷古集》。謝緒（?—一二六七），南宋錢塘縣北孝女里（今良渚鎮安溪）人。其先祖東晉宰相謝安，堂姑母是南宋末年理宗皇后（謝太皇太后）。謝緒生性聰慧，讀書而不求仕進，隱居錢塘之金龍山（今安溪下溪灣）。宋亡，謝太皇太后和五歲恭帝、宗親、宫女、太監均被俘押解北上。緒感國破君辱，終成絶望，言「生不能報國恩，死當訴之上帝」，整衣北拜，在下溪灣投苕溪自盡殉國。相傳「忠憤不舒，壯志未酬，屍體竟逆流而上」。安溪人敬他高尚的氣節，在苕溪北塑像立廟。

黄道讓

黄道讓（一八一四—一八六八），字師堯，號歧農，湖南臨澧人。清咸豐三年（一八五三）舉人，咸豐庚申（一八六〇）進士，官工部主事。著有《雪竹樓詩稿》十四卷。

東明寺相傳爲建文帝遜國處〔一〕

金川血湧去朝端，出隧方知天地寬。
萬里河山孤鉢在，八方風雨九龍寒。
已無大力當飛燕，尚有閑情種牡丹。
座上頭陀真面目，當面曾費老監看。

〔一〕選自《湘西兩黄詩·黄道、黄右昌合集》一六八頁。原注：寺中牡丹係帝遜國手植。

丁丙

丁丙（一八三二—一八九九），字嘉魚，號松生，晚號松存，浙江錢塘人。諸生。愛好收集地方文獻，著有《松夢寮詩稿》。家富藏書，其祖父丁國典有「八千卷樓」藏書樓，丁丙將其新增藏書名爲「後八千卷樓」、「善本書室」、「小八千卷樓」，總稱「嘉惠堂」，藏書近二十萬卷，被列爲晚清四大藏書樓之一，有《善本室藏書志》。清咸豐十年（一八六〇），杭州文瀾閣《四庫全書》在太平天国戰亂中散失，他與兄丁申不避艱險，四方搜尋和收購、補抄，得書近萬册。光緒六年（一八八〇）浙江巡撫鍾麟重建文瀾閣，丁丙將所得書送入文瀾閣珍藏，至光緒十四年（一八八八），在丁氏努力下文瀾閣《四庫全書》基本恢復原貌。

安溪道中（二）

清溪冬渺渺，小艇夜行行。
十里又五里，三更將四更。
霜濃櫓簽滑，月直纖繩平。
市遠斷雞唱，天空落雁聲。

〔一〕選自《松夢寮詩稿》卷五。

獨耀性日

獨耀性日（生卒不詳），名翼明，字興公，法名性日，號獨耀，俗姓姚，浙江海寧人。南明魯王監國，官職方主事。明亡起義，後敗。清順治九年（一六五二）披剃，師事黄檗隱元禪師。師命掌書記職，編輯隱元師六十歲前的語録及《黄檗隱元禪師年譜》。著有《南行草》。張煌言《張蒼水詩文集》有《送姚興公北還》（癸巳）、《得姚興公書，以舫音集見寄（法號獨耀公）》（己亥）。順治十六年（一六五九）著有《東明寺志》。

東明寺禮建文君像〔一〕

君當蒙難偏依佛，臣亦違時獨作僧。
但許竹松爲石友，只留日月代心燈。
鬚眉修淡千峰雨，骨性高寒萬壑冰。
親擁慧幢存俎豆，人王恩比法王弘。

〔一〕選自《東明寺志》卷下。下同。文君像：談遷《棗林雜俎》：「錢塘縣□□□大遮山東明寺，帝嘗隱此，有遺影，云帝自寫。今塑其像，髭鬚面紫。其遺影，今一紳購去。」

禮祖塔

撥茅尋古塔，衝虎入深溪。
荒樹纏碑額，寒苔印鹿蹄。
石幢雲漠漠，鐵骨月凄凄。
會見荊榛剪，丹書覓舊題。

釋超宣

釋超宣（生卒不詳），清初福建莆田人。釋行元嗣法門人，費隱門孫。從隱元祝髮。先執侍，後掌記室，升西堂。受囑，隱於閩縣興林寺，康熙十二年（一六七三）主持黄檗寺。著有《語録》三卷。編纂《百癡禪師語録》三十卷。

登東明寺訪孤和尚〔一〕

武林勝地舊祇園，寶刹宏開海嶽吞。
三代禪宗身價重，一朝天子譽光尊。
涵空古殿無塵跡，續焰聯燈有碣存。
金粟昔年花已布，翩翩卓錫振乾坤。

〔一〕選自《東明寺志》卷下。

釋常裕

釋常裕（生卒不詳）。清初僧人。

謁愚山法叔和尚〔一〕

遠攜短策自遐隅，爲探山頭個老夫。
省覲敢辭石路滑，參承始覺索居疎。
當年掩室人猶在，此日中興法不孤。
何必鹽官揚扇子，毒風久已播江湖。

〔一〕選自《東明寺志》卷下。原注：「時有海昌之請。」下同。

古牡丹

富貴風流迴出塵，法王殿上露天真。
根同雙髻烟霞老，姿沐千秋雨露新。
姚魏故園休借問，漢唐往事倍傷神。

羡君永植無殃地，亘古芳菲象外春。

留别首座龍溪兄〔一〕

幸逢黄檗運，結夏又經秋。
媿我乘波去，輸君植杖留。
乾坤真逆旅，聚散洵虚舟。
他日重攜手，看看兩白頭。

〔一〕龍溪：即東明寺首座釋湛潛，號龍溪侍者。清康熙十二年（一六七三）編撰《東明寺志》。

徐林鴻

徐林鴻（生卒不詳），字大文，一字竇名，浙江海寧人。諸生。清康熙十八年（一七〇九）試博學鴻辭，罷歸。工詞翰，有名於時。與吴農祥、王嗣槐、吴任臣、毛奇齡、陳維崧同客大學士馮溥家，稱爲「佳山堂六子」。著有《兩閑草堂詩文集》四十卷。

百字令·謝公墓〔一〕

安溪清淺，見龍起蛟飛，洪濤千頃。玉樹多才蘭畹盛，雅與淮淝爭競。宫漏南遷，鑾輿北去，鴻雁沙頭冷。河山萬里，立盡梧桐清影。　公是慷慨書生，横戈躍馬，一戰思平定。讖入庚申誰許爾，天已潛移神鼎。臣顯書名，道清押字，不肯安時命。馮夷風雨，雲旗獵獵輝映。

〔一〕選自《金龍四大王祠墓録》卷二。

寂光印豁

寂光印豁（生卒不詳），字寂光，俗姓楊，四川南充人。清僧。年三十投法雨寺落髮。一日過鳴雅寺，見案上佛典，隨手揭開，偈曰：「求佛在己，彌陀在心，要行三歧路，便問去來人。」疑情大發，參破山海舟有省。住蓬溪龍印山佛子寺，遷河南聖山。有《寂光豁禪師語録》六卷行世。

贈寶峰和尚掩關〔一〕

天地爲廬作個關，封疆把定日翛然。
有時抛餌錦江上，獲得獰龍出大淵。

〔一〕選自《寂光豁禪師語録》卷六。

佛寃徹綱

佛寃徹綱（生卒不詳），號徹綱，俗姓楊，四川内江人。清僧。有《佛寃禪師語録》行世。

東土歷傳祖師像贊（三首）〔一〕

東明慧旵禪師

紀綱提掇，端如鐵幢。拈起寶鏡，露出形藏。
不掩如來之號令，端秉濟北之玄光。
棒頭領旨，格外敷揚。
虛空打破日，□□紊法源。〔二〕
荷負無輕重，擔上須彌撒一國。

海舟永慈禪師

悟處諦當，覿面揮掌。衣鉢傳持，西風點顈。
卸禪源如湍競，擘箭機似谷響。

石上花栽青，水中月拈上，
燈繩墮地增輝，露柱掀眉俛仰。
踢碎瞿塘十二峰，東山越樣立標榜。

寶峰智瑄禪師

鼻孔任運任騰，肘符有收有放。
通身回避不及，焰燎眉毛快暢。
揮空疾電之機，攪海獰龍白浪。
者回不入洪波，爭得驪珠頷上。
横拖倒拽起曹源，不二法門劈脊棒。

〔一〕選自《佛寃禪師語録》卷八。

〔二〕原稿二字不清。

源流拈頌（三首）〔一〕

第二十七世東明昱禪師

花下貓兒擺尾巴，蝦蟆相並奏胡笳。
看來兩眼重添翳，日湧榑桑定不差。

第二十八世海舟慈禪師

自適人前逞嘴脣，渾身墮在斷燈繩。
平明酒醒除圭角，一筆難教畫得成。

第二十九世寶峰瑄禪師

縛得丹山栗棘蓬，令人撥着刺當胸。
莖眉縱諳俱燒卻，一鏡全收火燄雄。

〔一〕選自《佛寃禪師語録》卷九。

還初光佛

還初光佛（生卒不詳），字華嚴。清僧。生平不詳。有《華嚴還初佛禪師語録》行世。

曹溪源流頌（三首）〔一〕

東明昱禪師

得力在不肯，方知是與非。
覓火和烟得，擔泉帶月歸。

海舟慈禪師

剛才相見，徹困爲伊，
響言密答，獅子奮威。
鋒刀解體全無畏，證得無生默契歸。

寶峰瑄禪師

故問負薪一束柴，因風吹火礙胸懷。
尋頭照鏡均皆錯，故被呵呵一笑埋。

〔一〕選自《華嚴還初佛禪師語録》卷二。

季總行徹

季總行徹（生卒不詳），一名醒徹，字季總，俗姓劉，湖南衡州人。因讀《南嶽禪燈録》激起疑情，即詣南嶽山茨通際薙度，苦志參究。後又拜謁龍池通微契機，出住姑蘇（今蘇州）慧燈、興化普度、檇李（今嘉興）國福、當湖（今嘉興平湖）護善等寺，晚於南嶽淨瓶巖寂。有《季總徹禪師語録》行世。

源流頌（三首）（一）

第二十七世東明昱禪師

雲龍風虎印寰中，叉手猶然隔萬重。
百億須彌都扭碎，海門迸出一輪紅。

第二十八世海舟慈禪師

歷盡閻浮道路賒，誰知滄海是生涯。
東明一滴曹溪水，運出慈舟濟劫沙。

第二十九世寶峰瑄禪師

問着蠶叢事轉賒。錦江春色古來誇。
何如此地風光好，二水中分白露沙。

〔一〕選自《源流頌》卷三。

次南嶽和尚卧病（二首）〔一〕

空谷寥寥獨掩扉，爲探心地卻忘機。
病身一任同松老，瘦骨何妨與鶴肥。
識破浮生真夢幻，好憑祖道逗光輝。
縛茆已遂烟霞志，卧看閒雲自在飛。

林間長日意閒閒，問疾無人日往還。
有法利生猶未了，無心合道本非艱。
不因疏漏幽藏壑，寧爲清閑老卧山。

魔佛兩頭俱坐斷，晴谿贏得步潺湲。

〔一〕選自《季總徹禪師語録》卷四。下同。

描山茨和尚真

一見吾師相貌奇，丹青未舉意先疑。
眉間霜劍光時透，手内烏藤痛處追。
鼻孔未垂全道影，髪毛纔露識真儀。
當軒突出誠難辨，那許時人問是誰？

禮南嶽山茨和尚塔

亂雲堆裏事幽玄，一塔千峰不記年。
像貌寧隨山色變，語音豈借水聲宣。
松蔭斷處光還潔，花影重交體更鮮。
潭北湘南人不會，玲瓏插出自摩天。

辭南嶽山茨和尚塔

一片秋空淨，南山草木深。
暮雲千嶂色，何處不關心？

義公伏獅

義公伏獅（生卒不詳），號義公。清僧。有《獅義公禪師語録》行世。

諸祖源流頌古（三首）〔一〕

第二十七世東明慧旵禪師

鬱鬱青松滿目中，脚頭活路草茸茸。
驀然搆得根源事，日出扶桑遍界紅。

第二十八世海舟普慈禪師

不知身卧蒺藜中，復走東明討已窮。
繩子斷時消息斷，這回方識主人翁。

第二十九世寶峰瑄禪師

脚跟忽被斧頭傷，兩道眉燒痛徹腸。

奪得丈竿呈伎倆，從前冤恨不囊藏。

〔一〕選自《獅義公禪師語録》卷一。

同雲如萍

同雲如萍（生卒不詳），號同雲。

禮昆祖塔志感〔一〕

塔外淨如洗，低空只斷雲。
無山歸舊主，有地着新墳。
鐵脊猶撑月，殘碑不載文。
荒涼誰嚮説，倚杖對斜曛。

〔一〕選自《東明遺録》。

惟一普潤

惟一普潤（生卒不詳），字惟一。

禮昆祖塔志感〔一〕

路没草鞋滑，衣裳左右摳。
雨肥苔上緑，藤瘦塔邊秋。
尚有碑尋尺，曾無土一抔。
相看三拜起，雲静水空流。

〔一〕選自《東明遺録》。

佛音性智

佛音性智（生卒不詳），字佛音。

禮昰祖塔志感〔一〕

祖頂寧堪擊一錘，兒孫遍地欲何爲？
我來禮拜號三匝，半是酬恩半是悲。

〔一〕選自《東明遺録》。

崇北通振

崇北通振（生卒不詳），字崇北。

禮昱祖塔志感〔一〕

一條鐵脊價難酬，攝盡江山秀氣浮。
獨慕高踪方白雪，何妨古銘綴蘿鈎。
枯椿寒澈春依在，幽鳥啼來語截流。
無縫暗垂徽緒遠，時因瞻禮意綢繆。

〔一〕選自《東明遺録》。

大林通偉

大林通偉（生卒不詳），號大林。

禮昆祖塔志感〔一〕

危然獨坐碧芙蓉，鐵脊撐空不露踪。
舍利有光秋月隱，石幢無縫緑蘿封。
撫心忍覩今時跡，想像猶懷昔日風。
豈是兒孫太惆悵，爲慚無力補先宗。

〔一〕選自《東明遺録》。下同。

禮建文君像

匣裏金刀令解脱，山中鐵脊便傳心。
師承授受誰爲證，孤月東明耀古今。

啟明通者

啟明通者（生卒不詳），號啟明。

過東明禮昰祖塔呈山茨兄〔一〕

月冷雲寒萬木蒼，空橋流水自茫茫。
斷碑霜雪文章碎，古塔藤蘿歲月長。
鐵脊清風名又振，金剛舍利體增光。
破沙盆話誰人會，且喜重新得舉揚。

〔一〕選自《東明寺志》卷下。山茨：即東明寺住持山茨通際。

無文通印

無文通印（生卒不詳），號無文。

禮昰祖塔志感〔一〕

九禮溪光冷，寥寥古道風。
塔懸青嶂外，影入碧潭中。
松拂斜陽亂，橋流正脈通，
蒼茫歸路晚，孤月逗林東。

〔一〕選自《東明遺録》。

放眉道賢

放眉道賢（生卒不詳），號放眉。

禮昆祖塔志感〔一〕

未忍塔前去，此情非自繇。
荒臺孤月冷，古寺一燈幽。
雲已隨山賣，碑還帶蘚留。
不堪回首處，黃葉斷橋頭。

〔一〕選自《東明遺録》。

桓證道據

桓證道據（生卒不詳），號桓證。

禮昆祖塔志感〔一〕

一徑悠悠古到今，殘黄面面露荒陰。
祖庭寥落雲埋久，窣堵高寒思更深。
斷碣苔封無滿字，空山秋晚有餘音。
頽風欲振慚無力，捫臆徘徊獨苦吟。

〔一〕選自《東明遺録》。

懶庵成論

懶庵成論（生卒不詳），號懶庵。

禮昆祖塔志感〔一〕

巍然鐵脊幾經年，雲滿空山派接源。
拂拂清風生岫嶺，寥寥寒月掛松烟。
分明廓示半邊鼻，猶露全提向上玄。
報德酬恩一句子，瓣香九禮萬峰前。

〔一〕選自《東明遺録》。

耕石成顯

耕石成顯（生卒不詳），號耕石。

禮昰祖塔志感〔一〕

昔聞曾抱想，今禮幸何緣。
塔露歲寒久，骨埋山石堅。
殘碑苔没字，古窗樹參天。
俛首半沉嚮，追思鐵脊禪。

〔一〕選自《東明遺録》。

若雨達育

若雨達育（生卒不詳），號若雨。

禮昆祖塔志感（二首）〔一〕

潔手山前池有水，尋題塔面字無文。
殷勤三禮側身立，寥落何堪對夕曛。

離卻臺前三尺地，破苔無處可支笻。
白雲不肯隨山賣，密密重重把塔封。

〔一〕選自《東明遺録》。下同。

禮建文君作其絶句分作（四首）

流落江湖四十秋，孤踪隨地得淹留。
方之出處殊虞帝，遜國來同鹿豕遊。

歸來不覺雪盈頭，緇服蒙茸覆若裘。
故國何人知舊主，空留鶯語滿皇州。

乾坤有恨家何在？九牧依然臣漢家。
獨怪衲衣爲宰相，卻令天子着袈裟。

江漢無情水自流，今朝添却許多愁。
濴洄漫逐他鄉去，擬是曾經出御溝。

卓庵行嶽

卓庵行嶽（生卒不詳），號卓庵。依萬池通徹禪師受法，住龍池禹門寺。事蹟見《五燈全書》卷七十二補。

過東明訪孤雲禪師〔一〕

勝地何緣復再遊，因君杖履得閑留。
峰高木葉先山老，徑僻巖花晚樹秋。
幾夜新談涼月下，十年舊望大江頭。
打開鐵脊寒空處，重見東明燈火浮。

〔一〕選自《東明寺志》卷下。

蹈先行峪

蹈先行峪（生卒不詳），字蹈先，俗姓葉，安徽休寧人。依報恩寺浮石受法，住蘇州鐵山寺。事蹟見《五燈全書》卷七十七。

盛夏日過東明訪孤雲法兄〔一〕

爲訪同條冒暑來，火雲逼得汗流腮。
道人相見尋常異，談笑渾如動地雷。

〔一〕選自《東明寺志》卷下。

愚山超藏

愚山超藏（生卒不詳），號愚山，靈藏，俗姓楊，浙江海鹽人。家世奉佛，至其父重泉公彌篤，公有五子，三令出家。靈藏幼時好長坐，不茹葷，見宰累日不樂。年十四，志求出家。其父知不可强，送安國寺，從明寰師剃度。靈藏初習台宗，博通名相。後參天童金粟。於杭州東明依孤雲鑒，言下契機，頓悟大法。住湖州德清吉祥寺，後住持東明寺。

除夕〔一〕

一歲今宵盡，萬機寢削時。

燈籠開笑口，露柱不揚眉。

〔一〕選自《東明寺志》卷中。下同。

除夕

薄福那堪繼祖席，九年五度遭奇荒。

糠麩餅，虀菜湯，拈來隨分塞饑瘡。

幾番攪得禪和苦，腹泄身疲怨恨長。
怨恨長，漫商量，試看雪山黄面叟，
卻捐玉食白雲鄉。飡馬麥，嚼冰霜，
容鵲巢於顱頂，挂蛛網於眉梁。
驀地打翻屎斗，便作三界法王。

示衆

乍住東明笑兩眉，家風不減舊楊岐。
天王殿塌誰扶起，枯木堂傾豈易支？
雨過漏痕如古篆，風穿牆罅若疎籬。
禪流漫道郎當甚，鐵脊峩峨未動移。

禮祖塔

碧澗流紅葉，青山卧白雲。

風迴松有韻，碑老字無文。
三塔當年建，瓣香今日焚。
渺然懷杖履，徙倚對斜曛。

禮昰祖塔

四面烟巒窣堵中，嶷然獨露祖師容。
山空鐵脊嘉聲在，千古令人憶祖風。

除夕

自笑年窮趣不窮，年窮猶自寫虛空。
篔簹疎影連峰翠，榾柮頻燒滿院紅。
少室巖前風悄悄，長安市上鼓逢逢。
梅花此際獨開眼，冷笑匡床老凍膿。

古牡丹

花王綴彩法王家，三百年來布錦霞。
豔麗漫傳妃子染，栽培端自上皇加。
旃檀林裏兢枝幹，優鉢場中並蒂芽。
不道長安春不蚤，沉香誰倚夕陽斜。

雙髻之下十章章四句

雙髻，東明山名也。在古杭西五十里，蘭若居僧。相傳昉於唐代，自昰祖開法始成叢席，繼而海舟慈祖、祖寶峰瑄祖乃至孤雲鑑祖，代不乏人。雖爲江南法窟，實爲濟上祖庭。康熙甲辰，師受緇素請繼住此山。此山自宣德敕建以來，年歲深遠，佛殿、僧堂不無圮廢。師大加興造。斯棘斯翼，迨觀還舊觀。此詩蓋師初住時作也。

雙髻之下，虎鹿爲伍。雨過新蹄，亂我蔬圃。

雙髻之下，白雲如堵。紅塵不來，賴伊在户。

雙髻之下，幾於覆釜。教子莫愁，條篋束肚。

雙髻之下，頻撾法鼓。禪道雖無，卻開聾瞽。

雙髻之下，垂危殿宇。粉飾都盡，骨露其古。

雙髻之下，多篁多枸。涼風自來，六月非暑。

雙髻之下，我疾欲愈。黄獨青芝，不禁孔取。

雙髻之下，頗藝稷黍。春耕夏耘，粒粒辛苦。

雙髻之下，無禮無數。世外風流，秃鼻老牯。

雙髻之下，輪餘犁土。歲在甲辰，夏日惟午。

冬日入東明山

凍雲一路杖挑開，凜凜霜風透骨來。
且喜層巒舒笑眼，清光遍照月明臺。

上堂〔一〕

無端抱病卧清溪，個事何曾舉着伊。

活捉將來呈醜拙，當陽拈出露全機。

〔一〕選自《五燈全書》卷九〇。

古田達元

古田達元（生卒不詳），字古田。湖北黄陂傅氏，清僧。依天童道忞受法，住金陵天寧寺。

禮白門東山海舟慈寶峰瑄二祖塔偈〔一〕

雙龕卓立老東山，徧界兒孫未易攀。
特具瓣香瞻拜繞，瘦松蒼靄白雲間。

祖道淵源勢豈休，壯觀今又動閻浮。
欲知無縫團圝句，三四啼鴉上樹頭。

〔一〕選自《五燈全書》卷七四。

釋行觀

釋行觀，生平不詳。

建文君遺像〔一〕

善向金刀解脱關，蕭然護法識龍顔。
誰知遜國當年事，嬴得空山第一閑。

〔一〕選自《東明寺志》卷下。下同。

古法堂〔一〕

古錐説法舌頭長，漏逗家風莫可當。
片瓦直教無蓋覆，不妨人見露堂堂。

〔一〕法堂：在東明寺大雄大殿後。《東明寺志》卷上：「康熙丙午（一六六六）歲，愚山禪師重建。基陛既高，堂復寬敞。吴山越水繞前，翠竹青松擁後。堂後泓泉湛然，冬夏每於此安禪結制，鐘板在焉。」

着衣亭〔一〕

鶻臭汗衫要脱卻，此亭何必着衣來。
聊題此語爲亭記，留與遊人笑眼開。

〔一〕着衣亭：俗名「更衣亭」。《東明寺志》卷上：「在百步磡之下。亭下有湧月泉，冬夏不竭。」

古牡丹

旋盤異幹老春風，秀艷亭亭孰與同。
最是一端奇翫處，石庭戀影若飛龍。

風磨鏡〔一〕

不假規模本現成，風磨謾與較光明。
吞天吞地無私照，萬象森羅悉此生。

〔一〕風磨鏡：《東明寺志》卷上：「（大雄寶殿）高六丈六尺，深五丈五尺，縱廣相等。重簷結角，上有風磨鏡，光影常新。」

古海棠〔一〕

嫩蕚殷紅欲醉人，撑空鐵梗愈精神。

四時不爽長春信，艷入秋光更轉新。

〔一〕海棠：在東明寺大殿外，相傳爲建文帝手植。

釋超宗

釋超宗（生卒不詳）。東明寺孤雲禪師弟子，參與編輯《孤雲禪師語録》。

禮昱祖塔〔一〕

月掛藤蘿古塔前，殘碑雲水斷橋邊，
全身歷歷曾無隱，鐵脊巍巍永不還。

〔一〕選自《東明寺志》卷下。

釋行聲

釋行聲，生平不詳。

舟過東明謁孤雲和尚（子）〔一〕

秋路扁舟破，風生蘆荻涼。
裏詩村倩火，訪月露沾裳。
法窟千峰上，獅音百丈香。
未知空谷裏，肯借一椽房。

〔一〕選自《東明寺志》卷下。

釋智璜

釋智璜，生平不詳。

踏雪過東明訪孤雲兄有引〔一〕

辛巳冬，余因渡江覲密老人，道出城山，爲雪所阻，遂踏雪過東明訪孤雲兄。時值歲除，六七禪者相與圍爐啜茗，分韻聯詩，不知門外復作大雪也。孤雲兄謂余東明昰祖庭，建文君舊隱處，緇白至者必有所作，君既至此，不可無留題，因商立數題爲詠，使後人有所稽覈，目法道起一時之廢，目筆墨起此山之廢，其爲功等也。語畢，孤兄屬余志之，且爲分歲公案。

昔歲促夏時，我住龍光寺。
煩君冒暑來，爲奉天童事。
手持老人書，口授老人意。
因茲同入山，復執巾缾侍。
不久風雨生，奔波亦造次。
余隨老人行，君爲金粟使。

自兹一分手，數載不相視。
君今主東明，余亦踏雪至。
衝寒與冒暑，各見相知志。
況當大雪天，榾柮燃且熾，
相對兩頭陀，煮泉復煮字。
論心到極微，夜深不能睡。

〔一〕選自《東明寺志》卷下。下同。

又

爲是門庭冷淡開，山深雪後陟崔嵬。
一千五百他時聚，我亦安能得得來。

釋海博

釋海博（生卒不詳）。東明寺孤雲禪師弟子，參與編輯《孤雲禪師語録》。

禮祖塔〔一〕

空山寂寂水淙淙，祖塔巍峨萬仞峰。
石卧臺前疑伏虎，泉飛澗下警遊龍。
林深未許白雲鎖，碣古難捫緑蘚封。
多少兒孫青嶂外，春秋霜露動孤筇。

〔一〕選自《東明寺志》卷下。下同。

本師孤和尚開法玆山

重巖古寺駐空王，令轉新條播大方。
喝下鯨音山海動，劍前盆水斗牛光。
磡懸百步奔龍象，座倚雙峰積雪霜。

鐵脊崢嶸無蓋覆，春來瑞色自蒼蒼。

雙髻峰

幾回搔首問雙峰，不櫛不沐復秋冬。
忽地春風飄夜雪，滿頭珠翠爲誰容？

戴田中

戴田中，生平不詳。

無塵殿〔一〕

選勝烟霞裏，空山古殿開。
纖塵飛不到，何處有如來？

〔一〕選自《東明寺志》卷下。下同。

古牡丹

繁華一朝盡，風流向誰陳。
朱欄萎蔓草，上苑塞荆榛。
偶來尋幽勝，名卉留千春。
物態幾萬變，老幹壽無垠。
曾分日月光，亘古雨露新。

帝子今安在，玉貌還相珍。
所矜富貴姿，肯追松柏倫。
炎涼任世運，旁礴完天真。
人生如落花，糞土與錦茵。
托根貴得地，何必據要津。

古海棠

繇來佳麗種，何乃植荒岑。
喜與山僧伴，恨經遊客侵。
稜稜露堅骨，灼灼完素心。
盛衰無榮辱，開落悲古今。
出世未云晚，入山不厭深。
自從禪關閉，芳姿何處尋。

冒雨過東明寺

路頭逐步高低滑，溪水隨流緩急聽。
何處狂風摇樹杪，白雲推過萬峰青。

同孤雲大師上雙髻峰

白雲深處藏春色，峭壁層層草木開。
翠徑有香猿舞過，碧空無路鳥啼來。
千村濃緑旌旗亂，萬里荒烟禾黍栽。
局外相逢看冷眼，東南兵氣滿塵埃。

同孤雲大師東明寺夜話

登山憩古寺，日暮何猝遽。
禪關静不開，孤燈隱何處。
示我甘露言，湛然豁百慮。

相對啜清泉，明月復不去。
起來看月明，傾刻升復沉。
世途亦如此，可以悟無生。

金張

金張（生卒不詳），字介山，號岕老，浙江餘杭人。仁和諸生。喜吟詠，著有《岕老編年詩鈔》、《學誠齋詩話》。

二十八夜喜俞掌天歸隱安溪泊舟過尋小集菊下次韻〔一〕

菊放幾兼旬，離披朵失正。秉燭對夜闌，壁上影逾淨。
寥寥主賓言，庶幾慰冷靜。懷歸久倦遊，揮霍氣尚勁。
溯別十年餘，舊交算新敬。謂動即俗違，棖觸自知病。
卜居山水間，聊遂麋鹿性。我亦願移家，連牆與君競。
木食而草衣，不落世網阱。俗語不掛牙，高視談性命。

〔一〕選自《岕老編年詩鈔》癸酉。下同。

游吉祥寺即事贈愚山禪師〔一〕

壬戌（一六八二）歲暮，偕徐太史過訪。

蔭蔭緑樹寺門遮，岸上船頭兩不嘩。
鵠立老僧如大將，雁行儔石賽囊沙。
輸心方外猶堪法，放跡山中便欲家。
啜茗春風閒話舊，曾留學士試袈裟。〔二〕

〔一〕吉祥寺：在湖州府德清縣城外，傳臨濟宗。東明寺孤雲等禪師都曾駐此。愚山禪師：靈藏，字愚山，又號超藏。幼習天台宗，博通名相。後參天童金粟，孤雲禪師法嗣，先住湖州德清吉祥寺，後駐錫東明寺。見《五燈全書》卷九〇。

〔二〕學士：指德清人徐倬。

沈祖蘭

沈祖蘭（生卒不詳），字叔芳，浙江武康人。諸生。生平見《道光武康縣志》卷一九。

禮昰祖塔〔一〕

黄檗痛施三頓棒，小廝大樹蔭乾坤。
根源直下千年在，派接淵深一脈存。
孤塔空山瞻鐵脊，殘碑荒草讀遺言。
太虛打碎無蹤影，始見吾師道獨尊。

〔一〕選自《東明遺録》。

沈祖蔭

沈祖蔭（生卒不詳），浙江武康人。生平見《道光武康縣志》卷一九。

禮昆祖塔〔一〕

法王端據萬峰間，窣堵今瞻一破顏。
斷澗水聲揚古路，碧蘿雲影照空山。
巉巖壁立宗風在，絶壑孤懸道價閑。
五字吟成天欲暮，夕陽松頂照途還。

〔一〕選自《東明遺録》。

張中發

張中發，生平不詳。

東明寺謁建文帝遺像〔一〕

紫微星暗少微輝，湖海風塵久不歸。
心寄東明餘日月，教分西鐸隱崔巍。
琳堀花發占王氣，金殿苔深護袞衣。
瞻仰穆容如在昔，朔雲回首悵京畿。

〔一〕選自《東明寺志》卷下。下同。

東明寺夜坐孤雲和尚以所著見示（二首）

雙峰明月夜，園火爇乾桑。
讀罷《南華》語，冰颸檻外涼。

又

佛殿鐘聲靜，深篁人語幽。
幾番烹活水，無意借衾裯。

無塵殿

氛埃幾到清涼地，堂構崇閎梵宇開。
藻井紅葩迎曉日，執袪時有化人來。

着衣亭

鄭重傳衣了凡俗，薰脩體被若爲容。
閑亭法忍時存着，那用求多罣遠峰。

古牡丹

花王亦自戀禪關，獨坐孤根未盡删。

春暮繁華誇殿出，清芬嘗住壯名山。

古海棠

聞道此枝榮四季，珊珊鐵骨繫繁花。
一回掉臂還拘束，春色於今過別家。

謝庚明

謝庚明，生平不詳。

登東明謁孤雲和尚〔一〕

偷得半日暇，來遊幻住房。
鳥閑知海岸，雲靜卧繩牀。
道念連天碧，機心與鹿忘。
破苔參學後，衣帶竹根香。

〔一〕選自《東明寺志》卷下。

徐之璐

徐之璐，生平不詳。

宿東明禪院〔一〕

誰分陶夢喚塵緣，高枕空山別一天。
夜靜惟聞窗打雨，不知松響雜風泉。

〔一〕選自《東明寺志》卷下。下同。

登東明謁孤雲和尚

策杖松蔭上，梯雲過竹房。江山無俗識，天地一禪牀。
潭靜龍成卧，僧真虎亦忘。浮生偷話茗，半日舌生香。

翁友石

翁友石，生平不詳。

初至東明參孤雲和尚〔一〕

萬竹叢中一徑通，捫蘿躡險覩諸峰。
蘂珠落座天人靜，藜杖登臺白石宗。
定入空山雲作伴，法流大地月爲容。
我來稽首參師話，指墮堦前卒未逢。

〔一〕選自《東明寺志》卷下。下同。

雙髻峰

山空絶采樵，孤岫淩天近。
麇鹿東峰遊，西峰悄然隱。

古羅漢

望來氣深穩，忽見光蕨蕤。
如向祇樹底，親承密諦時。

建文君像

老向滇南裏，還尋吴越家。
禪心拗泥土，高義夢潭花。

古牡丹

雲卧松香冷，花王耐歲寒。
清微侶聞道，不屑倚朱欄。

沈文傑

沈文傑，生平不詳。

遊東明呈孤雲禪師（二首）〔一〕

東明寺裏一時心，誥軸峰前萬古月。
帝子三宗垂蔭深，心燈焕月重輝潔。

五色雲端現白雲，孤飛末劫獨超群。
慈和普遍天光影，素後輝煌啟聖心。

〔一〕選自《東明寺志》卷下。下同。

偈寶峰暄〔一〕

虎頭笑口掛鉗錘，莫道人驚鬼安悲。
更拽爐湯業鏡後，如何存得兩莖眉。

〔一〕寶峰暄：《續五燈會元》作「寶峰明暄」。

金世綬

金世綬（生卒不詳），字芑州，號岫雲，浙江錢塘人。諸生。著有《蜃閣詩録》六卷。

安溪田舍〔一〕

農夫邀我醉，歸櫂溯溪灣。
野色延幽眺，風威敵酒顔。
鳥啼無静竹，雲滅有遥山。
那及群鷗樂，飄飄不能還。

〔一〕選自《杭郡詩續輯》卷一五。

汪路

汪路，生平不詳。

觀牡丹〔一〕

錢塘汪璐三月七日偕鼎衡侄登古道山，觀東明寺牡丹詩。

不辭登陟訪花王，道古山頭闢講堂。
一路澗溪流曲折，到門杉竹挺青蒼。
休因往事尋遺植，且看濃姿賽衆芳。
斜日漫催遊客去，正貪襟袖染天香。

〔一〕選自《塘棲志略稿》。

蔣葆存烔

蔣葆存烔，生平不詳。

東明寺拜建文帝像〔一〕

瓶鉢何年號大師，飄然古寺竟披緇。
但聞寶殿懸金鏡，誰見名花種玉墀。
家國七年無遠計，君臣一代付傳疑。
長陵麥飯今誰薦？贏得伊蒲供佛帷。

〔一〕選自《塘棲志略稿》。

王德璘

王德璘，生平不詳。

東明寺〔一〕

江山猶是一孤身，古寺何年駐法輪？
鐘動那知三殿曉，花開都作六宫春。
國傳有統悲皇祖，家難無辜泣衆臣，
此日荒村對遺像，緇衣還帶舊風塵。

〔一〕選自《塘棲志略稿》。

佚名

祖庭嫡傳指南〔一〕

第二十七世東明虚明慧昆禪師

打破虚空活卓卓，全身湧出絶承當。
廓然獨露無私旨，天上人間没處藏。

第二十八世湖州東明海舟普慈禪師

驢事未去，馬事到來。
分明：鐵山崩倒壓銀山，盤走珠兮珠走盤，
不得春風花不閑，花開又被風吹落，
所謂：曾伴夜行鷩惡虎，幾回同上碧蘿峰。

第二十九世寶峰明瑄禪師

將柴喚棘嘴都日，鐵汁灌他作酒壺。
骨髓皮毛皆換盡，太阿舞得把龍居。

〔一〕選自《祖庭嫡傳指南》。

佚名

東明寺〔一〕

舊傳建文帝隱處

江山猶是一身孤，古寺何年駐法輪？
鐘動那知三殿曉，花開都作六宮春。
國傳有統悲皇祖，家難無辜泣衆臣。
此日荒村對遺像，緇衣還帶舊風塵。

〔一〕選自《郭西小志》。

德清虚雲

德清虚雲（一八四〇—一九五九），法名古巖，又名演澈，字德清，别號幻游，俗姓肖，湖南湘鄉人，生於福建泉州。一八八二年在福州鼓山湧泉寺出家，翌年依妙蓮受具。曾遍參高旻、天童、天寧諸刹，巡禮四大名山。又進川入藏，瞻仰布達拉宫，後從緬甸、錫蘭（今斯里蘭卡）等地朝佛，回國時途經雲南大理，巡禮雞足山。曾於終南山結茅修行。兩年後入川，轉至雲南大理，重上雞足山。一九〇三年重興雞足山迎祥寺。翌年考察東南亞佛教。一九二〇年重與昆明西山華亭寺並改名雲棲寺。一九二九年起歷任鼓山湧泉寺、廣東南華寺、雲門寺等住持。一九五二年應邀赴上海參加和平法會。次年被推舉爲中國佛教協會名譽會長。旋應請復與江西雲居山真如寺，爲現代中國禪宗代表人物。曾傳曹洞，兼嗣臨濟，中興雲門，匡扶法眼，延續潙仰，以一身而兼五宗法脈。其禪悟和苦行爲海内外所敬重。且又宗説兼通，定慧圓融，參禪之餘，著書立説，有《楞嚴經玄要》、《法華經略疏》、《遺教經注釋》、《圓覺經玄義》、《心經釋》等。後人輯有《虚雲和尚法彙》、《虚雲和尚禪七開示録》等。

讚（三首）〔一〕

六十世東明慧昆禪師

扶桑一輪，當天朗照。
四句百非，離玄絶妙。
海水騰波，須彌跱跳。
坐斷東明，柳眠花笑。

六十一世海舟普慈禪師

當機一拶，徹見萬峰。
輾轉鼻孔，别立家風。
棒活兕虎，句點蒼龍。
雲行雨施，濟水流通。

六十二世寶峰明瑄禪師

燎却眉毛，拈得鼻孔。
一棒投機，千峰孤迴。
仔細看來，是甚骨董。
歷歷明明，東没西湧。

〔一〕選自《再增訂佛祖道影》卷三。

度輪宣化

度輪宣化（一九一八—一九九五），法名安慈，字度輪，吉林雙城白氏。年十五皈依哈爾濱三緣寺常智法師爲三寶弟子。年十九隨常智慧智出家。母喪，守墓三載。同年在佛前發十八大願，一生踐行直至圓滿。此後即在東北弘法利生，並赴各地行脚參訪。一九四八年赴香港弘法，前後十餘載。一九六二年轉赴美國弘法，先於舊金山開創金山寺。一九七六年又在舊金山附近創設萬佛城，成立法界大學、培德中學、育良小學及僧伽居士訓練班等。其後陸續於洛杉磯建金輪寺，於西雅圖建金峰寺，於加拿大建金佛寺、華嚴寺等，作爲萬佛城的分支道場。一生共建道場二十七所，皈依弟子遍佈世界各地。在美三十餘年，宣講大乘經典三十餘部，持戒精嚴，更重身教。在各地道場立「不争、不貪、不求、不自私、不自利、不打妄語」六大宗旨，爲僧俗弟子所敬。有《法華經》、《楞嚴經》、《金剛經》等講義和淺釋。

偈（三首）〔一〕

六十世東明慧昱禪師

裝模作樣僞招牌，貨真價實莫賒債。

發憤圖强豁然悟，埋頭苦參啟茅塞。
打碎虛空情意識，跳出樊籠卵濕胎。
一輪紅日中天照，萬道霞光映玉臺。

一九八四年十一月十三日　宣公上人作

六十一世海舟普慈禪師

蘇杭鍾靈毓秀峰，龍象輩出法門興。
當面考驗難對答，背後爐傾破無明。
月朗中天晴萬里，星輝大地照千重。
海舟東明任祖席，濟水源源振吾宗。

一九八四年十一月十五日　宣公上人作

六十二世寶峰明瑄禪師

斫足燎眉悟無常，火頭近面火燒傷。

明鏡照破生死網，禪杖點開輪回輪。
跳出三界真鐵漢，高登上品大寶蓮。
如今不聽閻王喚，那管鬼叫與神傳。

一九八四年十一月十六日　宣公上人作

〔一〕選自《再增訂佛祖道影》卷三。

引用書目

丁丙著《松夢寮詩稿》六卷　光緒錢塘丁氏家刻本

大川普濟著《五燈會元》六十卷

山茨通際著《東明祖燈録》

山茨通際著《東明遺録》二卷　崇禎刻本

王同著《塘棲志略》　光緒本

木陳道忞著《布水臺集》

中洲海嶽著《黄山木蓮花百詠》

中洲海嶽著《緑蘿庵詩卷》

田藝蘅《香宇集》三十四卷　嘉靖刻本

印正等編撰《破山禪師語録》二十卷　《嘉興藏》本

百癡行元編《金粟寺志》

朱樟著《一半勾留集》　乾隆刻本

仲學輅編撰《金龍四大王祠墓録》四卷　光緒錢塘丁氏刻本
合哲等編《雲山燕居申禪師語録》八卷　《嘉興藏》本
如鵬等編《青城竹浪生禪師語録》七卷　《嘉興藏》本
別庵性統編《續燈正統》
吳顥編著《杭郡詩續輯》四十六卷　光緒二年（一八七六）錢塘丁氏刊本
卓明卿著《卓光禄集》三卷　萬曆刻本
明一等編撰《芝岩秀禪師語録》二卷　《嘉興藏》本
明元記録《獅義公禪師語録》　《嘉興藏》本
明法等編撰《梓舟禪師語録》三卷　《嘉興藏》本
明洞等編《即非禪師語録》
金張著《岕老編年詩鈔》不分卷　清初刻本
性純編撰《佛冤禪師語録》十二卷　《嘉興藏》本
宗宏等編撰《嵩山野竹禪師語録前集》十四卷、《後集》八卷　《嘉興藏》本
胡介著《旅堂詩集》　清初刻本

姚禮編撰《郭西小志》
振澂等編撰《靈端禪師華品集》《嘉興藏》本
徐世昌《晚晴簃詩彙》
徐昌治編述《祖庭嫡傳指南》
徐倬著《黄發集》
海寧等編撰《隱元禪師語録》
陳元因著《聖日唵囕香禪師語録》
陳文述著《西泠懷古集》十卷　光緒癸未（一八八三）刊本
陳援菴著《釋氏疑年録》
陳輝著《東明寺公案》
通問等編撰《天隱和尚語録》十五卷　《嘉興藏》本
通量等編撰《華嚴還初佛禪師語録》
國清等編撰《源略集補遺》
康烈華等編撰《良渚鎮志》

寂方等編撰《靈機禪師語録》六卷 《嘉興藏》本
超永編《五燈全書》
超直等編撰《虚舟省禪師語録》
超卓等編撰《孤雲禪師語録》七卷
超宣等編撰《百癡禪師語録》三十卷 《嘉興藏》本
超祥等編撰《季總徹禪師語録》
超宿等編撰《伏獅祇園禪師語録》三卷 《嘉興藏》本
超瑋等編撰《牧雲和尚宗本投機頌》
超鳴等編撰《大方行海禪師語録》二卷 《嘉興藏》本
達珍著《正源略集》
達尊等編撰《南嶽山茨際禪師語録》四卷 《嘉興藏》本
黄宏荃著《湘西兩黄詩·黄道、黄右昌合集》
虚雲重輯、宣化再增訂《再增訂佛祖道影》卷二
智楷著《正名録》

智璋録《蔗庵淨範禪師語録》
普明編撰《牧牛圖頌》
普壽等編《萬峰和尚語録》一卷　《嘉興藏》本
湛潛著《東明寺志》三卷　康熙刻本
發育等編撰《寂光豁禪師語録》六卷　《嘉興藏》本
裘樟鑫等著《佛教詩詞楹聯選》（嘉興市卷）
圓悟編撰《海舟普慈禪師拈頌古集》
德儒等編《空谷道澄禪師語録》二十卷　《嘉興藏》本
魏耕著《雪翁詩集》清初刻本
聶心湯等修編《康熙錢塘縣志》
鶴山濟志著《執掃集》
顯權等編撰《天童弘覺忞禪師語録》

後　記

近年來我們在整理編撰《東明山文化叢書》過程中，在許多古籍文獻中發現相當數量與東明山、東明寺以及安溪相關的詩詞，而其中又以僧詩居多。以前不曾接觸過這類僧詩，如今閱讀後讓人頗受啓迪。想不到這些歷代高僧們除了精通佛法之外，還能寫出這些意境幽邃，禪機玄妙的詩詞。其格調如此清空，形象如此生動，哪怕僅僅幾十餘字，便可把佛教禪宗頓悟法門的精髓，借助感性的事象一一詮釋出來，法味禪境，沁人心脾。爲了更好地保存這些珍貴的東明山文化遺産，便於大家閱讀，本編委會決定從這些古籍文選中選編部分詩詞，編撰成册，並取名爲《古道山房詩鈔》。

入選詩歌中，除了一般意義上的詩歌外，還有不少屬於僧詩。僧詩，顧名思義，是由僧侶所寫，其詩詞可分爲悟道、頌贊、遺偈、抒懷等。這些僧詩或表現佛理，或融合玄言，或歌詠山水，或獨抒胸臆。它們不僅有唐詩的婉約，宋詞的直接，更有超越二者之上的引人開悟之哲理。婉約，則表達悟心，不矯不飾；直接，即是闡述機鋒，直達人心。當然又不全在於特意去渲泄閑情逸意，而是直指人們迷失的那顆禪心。僧侶們的那種淡泊之心境，簡樸之生活，清幽之環境在這些詩中淋漓盡致地超然而出。它在寓意風物、公案之間，傳遞了更深層次的禪機。所以我們有時會覺得某些僧詩樸拙之至，甚至於有點説東道西，牛頭不對馬嘴。不過再細細品讀之間恍然又感覺到這些詩中所抒寫的梵語、佛道、公案，雖是奥澀難明，卻是禪意十足，回味無窮。從這些僧詩中，我們可以循此徑而窺佛教文化之一斑，所以説僧詩也是我國詩歌藝苑中的一朵奇葩，值得我們好好研讀欣賞之。

這次入編《古道山房詩鈔》合計約四百多首詩歌，其範圍：一是從東明寺歷代住持的《語録》、《詩偈》中所選；二是臨濟宗歷代高僧對東明旵、海舟慈、寶峰瑄三代祖師的偈頌以及爲東明寺留下的其他詩歌；三是歷代的文人墨客、緇素居士或遊覽東明山、安溪、苕溪留下的詩篇，或是與東明寺住持們應酬交往的唱和之作。這些詩歌無疑都是我們東明山傳統文化的一個重要組成部分，它可以從一個側面反映東明寺、東明山乃至安溪、良渚的悠久歷史文化脈絡。

我們想通過這樣的專題編撰，讓大家能對我們東明寺、東明山以及安溪的歷史演繹有一個更加全面的瞭解。由於編者水平有限，手頭資料不足，難免會出現這樣或那樣的遺漏與謬誤，還有望大家的斧正與指教。

後記

在編撰本書的過程中，我們也得到了社會各界關心東明山文化建設人士的鼓勵與支持。在此非常感謝王慶老師、虞銘兄對本書的編撰提出了很多有益的建議，感謝南京圖書館古籍部陳立女士，上海圖書館古籍版本專家陳先行先生，臺灣成功大學教授李勉先生等對編撰本書的大力支持。同時我們還要特别感謝浙江大學韓國研究所的陳輝老師，他一直熱心地關注着我們東明山以及東明寺的文化建設，爲我們提供了不少相關的詩歌資料。也要感謝德高望重的柳村先生爲本書題寫書名，他生前一直非常關心此書的出版，所以今天此書的出版相信也是對柳老的一個最好紀念。感謝好友滕群林爲本書製印數方，爲本書增色不少，在此我們一并向他們表示衷心感謝。

《東明山文化叢書》編委會

二〇一五年六月